U0134861

韓語40音

完全自學手冊

郭修蓉———— 著
Jessica Guo

晨星出版

目次

作者序

　　市面上的韓語學習書，雖說適合自學者，但有些卻內容太淺、說明不夠詳細，要學會正統的發音有些困難。韓語的發音並不單純，很多時候需要注意小細節，例如：舌頭的擺放位置、發音的器官……，都會影響學習者的發音，作者將自己在教學經歷中所累積的精華融入這本書裡，不論是否有學過韓語，皆能透過此書學習正統的發音技巧，可以說是一本發音經典書。

　　由於韓文字面上的字與實際發音會隨著不同發音規則有所變化，此書不僅教您學會 40 音，還有發音規則單元，帶您了解學韓語時必須學會的基本發音規則。

◉ 此書包含以下內容

一、首先帶您了解韓文字母的誕生與原理、漢字的地位及影響力、韓文字的組合，有了這些概念，學習韓語會更輕鬆。

二、韓語 40 音：搭配羅馬拼音說明，讓學習者容易抓住其發音，並搭配作者親錄的雲端音檔，學會最道地的語調。

三、終聲：學習終聲的重點在於舌頭的位置、嘴巴的張開或緊閉，針對學習者容易忽略的重點進行解說。

四、發音規則：學完基本的發音，接著學習最基本的發音規則，才能夠說真正完成了一整套韓文發音課程。

五、鍵盤教學：看著圖片教學輕鬆掌握電腦及手機打字的方法，且學習韓文手機鍵盤的兩種不同輸入法。

使用說明

● 如何收聽音檔？

1

手機收聽

1. 偶數頁（例如第 14 頁）的頁碼旁邊附有 **MP3 QR Code** ◄┄┄┄┄

2. 用 APP 掃描就可立即收聽該跨頁（第 14 頁和第 15 頁）的作者朗讀音檔，掃描第 16 頁的 QR 則可收聽第 16 頁和第 17 頁⋯⋯

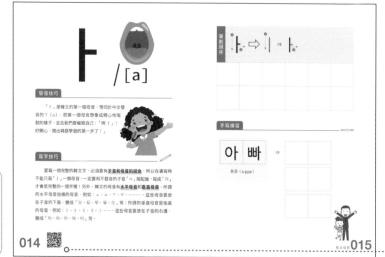

2

電腦收聽、下載

1. 手動輸入網址＋偶數頁頁碼即可收聽該跨頁音檔，按右鍵則可另存新檔下載

http://epaper.morningstar.com.tw/mp3/0170015/audio/**014**.mp3

2. 如想收聽、下載不同跨頁的音檔，請修改網址後面的偶數頁頁碼即可，例如：

http://epaper.morningstar.com.tw/mp3/0170015/audio/**016**.mp3

http://epaper.morningstar.com.tw/mp3/0170015/audio/**018**.mp3

依此類推⋯⋯

4. 建議使用瀏覽器：Google Chrome、Firefox

● 讀者限定無料

內容說明
1. 全書音檔大補帖
2. 電子檔習字帖

下載方法（建議使用電腦操作）
1. 尋找密碼：請翻到本書第 76 頁，找出第 1 個單字的中文解釋。
2. 進入網站：https://reurl.cc/V3pG45
   （輸入時請注意大小寫）
3. 填寫表單：依照指示填寫基本資料與下載密碼。
   E-mail 請務必正確填寫，萬一連結失效才能寄發資料給您！
4. 一鍵下載：送出表單後點選連結網址，即可下載。

前言

●韓文字母的創造

    以前的韓國並沒有屬於自己的字母，在書寫上只能借用漢字，一般老百姓很難透過書寫的方式來表達自己的想法。西元 1443 年，在朝鮮王朝的第四代國王「世宗大王」的命令之下，創造出 28 個韓文字母，分別為 17 個子音和 11 個母音，後來刪除其中 4 個字母，只使用其中的 24 個字母。在西元 1446 年頒布名為《훈민정음　訓民正音》的書，《訓民正音》的意思是「教導百姓正確的音」，裡面記載創立韓文的目的與製作原理等內容，《訓民正音》在 1997 年被聯合國教科文組織列為「世界文化遺產」。除此之外，韓國政府將每年的 10 月 9 日訂為「韓文日」，來紀念韓文字母的誕生，當天是韓國的國定假日。

《訓民正音》的 28 個字母如下，其中「ㆁ、ㅿ、ㆆ、·」現在已經消失。

▲《訓民正音》的 17 個子音

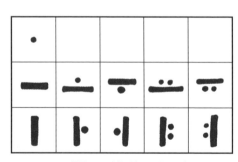

▲《訓民正音》的 11 個母音

《訓民正音》17 個子音的發音部位

牙音	ㄱ、ㅋ、ㆁ
舌音	ㄷ、ㅌ、ㄴ
半舌音	ㄹ
齒音	ㅈ、ㅊ、ㅅ
半齒音	ㅿ
唇音	ㅂ、ㅍ、ㅁ
喉音	ㆆ、ㅎ、ㅇ

● 造字的原理

　　韓文的母音是由天「‧」、地「一」、人「丨」作為基本觀念設計而成。

　　韓文子音是模仿發音的部位與形狀（舌頭、嘴唇、喉嚨）創造出來的，由「ㄱ、ㄴ、ㅁ、ㅅ、ㅇ」五個子音延伸出其他子音，請參考以下圖片：

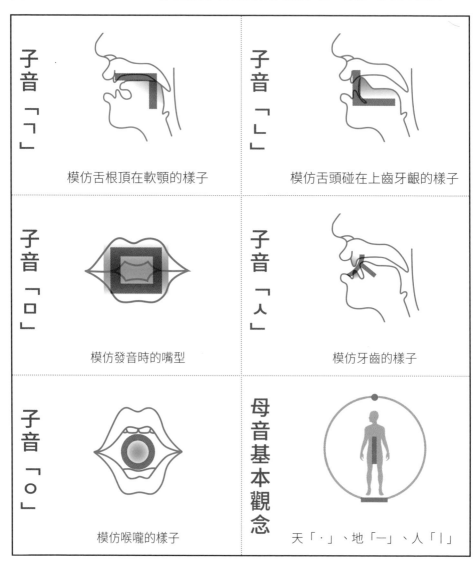

子音「ㄱ」	模仿舌根頂在軟顎的樣子	子音「ㄴ」	模仿舌頭碰在上齒牙齦的樣子
子音「ㅁ」	模仿發音時的嘴型	子音「ㅅ」	模仿牙齒的樣子
子音「ㅇ」	模仿喉嚨的樣子	母音基本觀念	天「‧」、地「一」、人「丨」

以下為《訓民正音》17 個基本子音的造字原理，最左邊一行為 5 個代表子音「ㄱ、ㄴ、ㅁ、ㅅ、ㅇ」，再延伸出其他子音。

ㄱ → → ㅋ → ㆁ

ㄴ → ㄷ → ㅌ → ㄹ

ㅁ → ㅂ → ㅍ

ㅅ → ㅈ → ㅊ → △

ㅇ → ㆆ → ㅎ

● 漢字對現代韓國的影響力

根據韓國國立國語研究院的調查，在 50 多萬個韓文單字當中，超過 25 萬個單字為漢字語，且有 34% 是與漢字同字同音，例如：「移動」的韓文單字是漢字的「移動」翻過來的，發音幾乎相似；「化妝室」的韓文單字也是漢字語，發音非常相似。

除此之外，很有趣的事情是韓國人都有自己的漢字名，就連身分證上也會標記漢字名，那麼，這些漢字名是怎麼來的呢？每個中文漢字都有其對應的韓文字，換句話說，韓文字有它對應的各種不同意義的漢字存在，像是「수」這個韓文字對應的漢字有「水、修、數、需」……等。另外，在韓國的報紙或電視節目等地方，也會標記漢字！至於韓國人看得懂多少漢字，是要看個人的漢字能力。

韓國的身分證

圖片來源：韓國政府 - 行政安全部 Ministry of the Interior and Safety
網址：www.mois.go.kr

● 韓文字的組合

韓文字母共有 40 個（稱 40 音），分別為 **21 個母音**和 **19 個子音**。若要組成一個韓文字，必須要有子音加上母音，才能變成完整的韓文字。有以下六種可能：

第 1 種、第 2 種構造為一個子音加上一個母音組成的**最基本構造**。母音放的位置不一樣，隨著水平母音和垂直母音放的位置會不同。詳細的內容請參考母音單元的解釋喔！

第 3 種、第 4 種構造，與最基本的構造相比，下面又多了一個子音，也就是說，一個韓文字裡會有兩個子音！這時候，多餘的子音稱為「終聲（結束的聲音）」或「收尾音」。

第 5 種、第 6 種構造，與上述的構造相比，終聲旁邊又多了另外一個子音，也就是說，一個韓文字裡共有三個子音！這時候，終聲位置上的子音稱為「複合子音」。

ㅏ	ㅓ	ㅗ	ㅜ	ㅡ	ㅣ	ㅐ	ㅔ	ㅚ	ㅟ
a	eo	o	u	eu	i	ae	e	oe	wi

ㅑ	ㅕ	ㅛ	ㅠ	ㅒ	ㅖ	ㅘ	ㅝ	ㅙ	ㅞ	ㅢ
ya	yeo	yo	yu	yae	ye	wa	wo	wae	we	ui

ㄱ	ㄴ	ㄷ	ㄹ	ㅁ	ㅂ	ㅅ
g/k	n	d/t	r/l	m	b/p	s

ㅇ	ㅈ	ㅊ	ㅋ	ㅌ	ㅍ	ㅎ
ng	j	ch	k	t	p	h

ㄲ	ㄸ	ㅃ	ㅆ	ㅉ
kk	tt	pp	ss	jj

基本母音

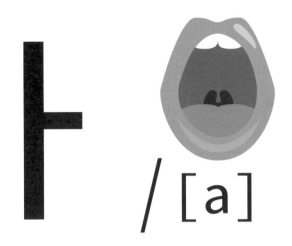

ㅏ / [a]

「ㅏ」是韓文的第一個母音，等同於中文發音的ㄚ（a）。把第一個母音想像成開心地唱歌的樣子，並且我們要催眠自己：「啊ㅏ」！好開心，踏出韓語學習的第一步了！」

寫字技巧

要寫一個完整的韓文字，必須要有**子音和母音的結合**，所以在書寫時不能只寫「ㅏ」一個母音。一定要和不發音的子音「ㅇ」搭配後，寫成「아」才會是完整的一個字喔！另外，韓文的母音有**水平母音**和**垂直母音**，所謂的水平母音指橫的母音，例如：ㅗ、ㅛ、ㅜ、ㅠ、ㅡ……，這些母音要放在子音的下面，變成「오、요、우、유、으」等；所謂的垂直母音是指直的母音，例如：ㅏ、ㅑ、ㅓ、ㅕ、ㅣ……，這些母音要放在子音的右邊，變成「아、야、어、여、이」等。

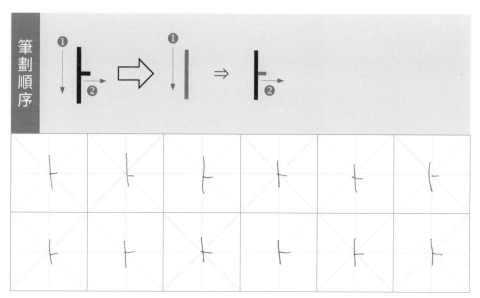

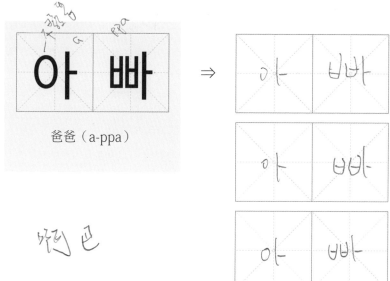

爸爸（a-ppa）

啊巴

아 빠

아 빠

아 빠

小孩
a-gi
아기

大叔
a-jeo-ssi
아 저씨

公寓
a-pa-teu
아파트

早上
a-chim
아 침

冰淇淋
a-i-seu-keu-rim
아이스크림

痛
a-peu-da
아프다

妻子
a-nae
아내

非洲
a-peu-ri-ka
아프리카

▶ 妻子

◆ 아침에 항상 아메리카노를 마셔요 .
　 a-chi-me　　hang-sang　　a-me-ri-ka-no-reul　　　ma-syeo-yo

早上總是喝美式咖啡。

◆ 아이스크림을 많이 먹으면 배탈이
　 a-i-seu-keu-ri-meul　　ma-ni　　meo-geu-myeon　　bae-ta-ri

나요 .
na-yo

吃太多冰淇淋會吃壞肚子。

◆ 아내의 유혹이라는 드라마 알아요 ?
　 a-nae-ui　　yu-ho-gi-ra-neun　　deu-ra-ma　　a-ra-yo

你知道《妻子的誘惑》這一部劇嗎？

◆ 저는 아파트에 살아요 .
　 jeo-neun　　a-pa-teu-e　　sa-ra-yo

我住公寓。

▶ 早上總是喝美式咖啡

小筆記：
❶ 指「總是」。
❷ 韓國人最愛喝的就是「아메리카노 冰美式咖啡」喔！
❸ 這裡的「의」是所有格「的」的意思，一般韓國人把它念成 [에]。

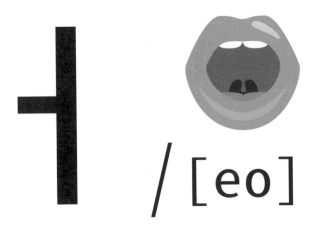

ㅓ / [eo]

大致上接近中文發音的ㄛ（o）。姊姊的韓文「언니」和媽媽的韓文「엄마」的第一個母音就是「ㅓ」。很多學習者分不清楚「ㅓ」和即將要學到的「ㅗ」與「ㅜ」這三個母音在發音上的差別，請記住，最重要的是發音的時候的嘴形，「ㅓ」的**嘴形最大**，所以聲音聽起來和母音「ㅗ」與「ㅜ」相比最為宏亮。

「ㅓ」是垂直母音，若要和子音結合，必須要放在子音的右邊。

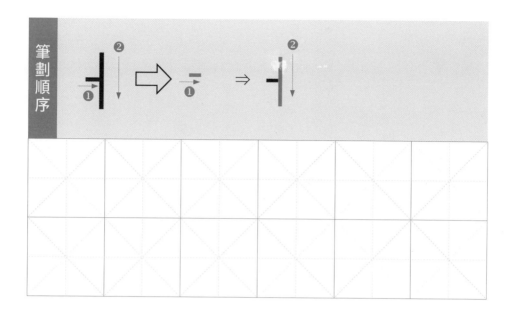

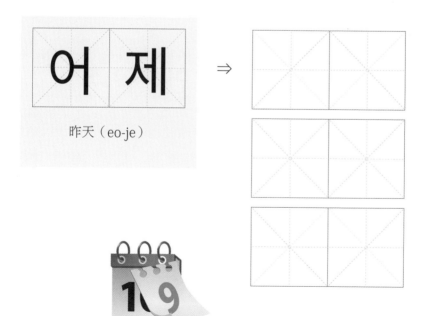

昨天（eo-je）

魷魚
o-jing-eo
오징어

韓文
han-gu-geo
한국어

母親
eo-meo-ni
어머니

鯊魚
sang-eo
상어

語言
eo-neo
언어

美人魚
i-neo-gong-ju
인어공주

怎麼辦
eo-tteo-kae
어떡해

冷氣
e-eo-keon
에어컨

▶ 美人魚

◆ **요즘** 한국어를 **배우**❶**는데** 너무

yo-jeum　　han-gu-geo-reul　　bae-u-neun-de　　neo-mu

재미있어요 .

jae-mi-i-sseo-yo

最近在學韓文，很有趣。

◆ **어머** ! 어❷떡해 ! **깜빡했다** !

eo-meo　　　　eo-tteo-kae　　　kkam-ppa-kaet-da

哎呀！怎麼辦！我忘了！

◆ 에어컨 **좀** 켜 **주세요** .

e-eo-keon　　jom　　kyeo　　ju-se-yo

請幫我開冷氣。

◆ **어제** 어디에 **갔어요** ?

eo-je　　　eo-di-e　　　ga-sseo-yo

昨天去了哪裡呀？

▲ 哎呀！怎麼辦！我忘了！

小筆記：

❶ 原形為「배우다 學習」。

❷ 套用**激音化**的發音規則，正確的發音為 [어떠캐]。

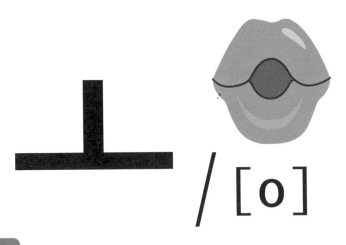

ㅗ / [o]

　　大致上接近中文發音的ㄡ（ou），但是不能像中文的
ㄡ（ou）一樣把音拉長，韓文的「ㅗ」是單純的一個音節。
哥哥的韓文「오빠」的第一個母音就是「ㅗ」，
和上一個的母音「ㅓ」相比，「ㅗ」的嘴巴
會比較圓。

寫字技巧

　　「ㅗ」為水平母音，若要和子音結合，必須要放在子音的下面。另外，
母音要寫得比子音長。

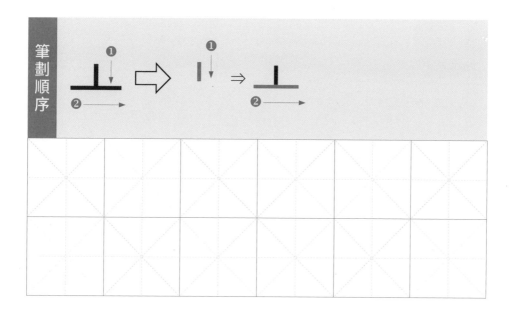

手寫練習

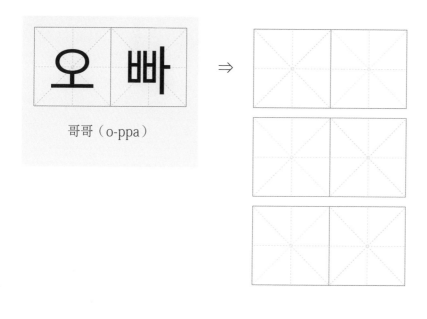

哥哥（o-ppa）

今天
o-neul
오늘

鴨子
o-ri
오리

柳橙
o-ren-ji
오렌지

誤會
o-hae
오해

上午
o-jeon
오전

收音機
ra-di-o
라디오

奧地利
o-seu-teu-ri-a
오스트리아

許久
o-raen-man
오랜만

▶ 收音機

◆ 오전에 비가 많이 왔어요 .

o-jeo-ne　bi-ga　ma-ni　wa-sseo-yo

上午的時候下過大雨。

◆ 오늘 점심에 뭐 먹을까 ?

o-neul　jeom-si-me　mwo　meo-geul-kka

今天午餐要吃什麼呢？

◆ 오랜만이에요 .

o-raen-ma-ni-e-yo

好久不見。

◆ 우리 오빠는 회사원이에요 .

u-ri　o-ppa-neun　hoe-sa-wo-ni-e-yo

我哥哥是上班族。

▶上午的時候下過大雨

小筆記：

❶ 指「很多」、「非常」。

❷ 「점심」可以指「中午」，也可以指「午餐」。

❸ 「우리」指「我們」。韓國人習慣用「우리 我們」來描述我與對方的關係，所以這裡的「我們」指的是「**我的哥哥**」喔！

ㅜ
/[u]

　　等同於中文發音的ㄨ（u）。和前面的「ㅗ」相比，「ㅜ」的嘴巴要更小一點，所以「ㅓ」、「ㅗ」、「ㅜ」三個母音當中，「ㅜ」的嘴巴張開的幅度是最小的，因此聲音聽起來有被悶住的感覺。

寫字技巧

　　「ㅜ」為水平母音，若要和子音結合，必須要放在子音的下面。另外，母音要寫得比子音長。

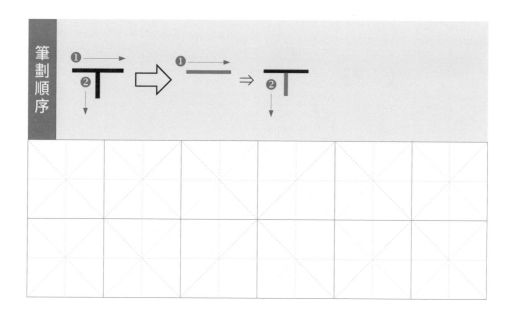

手寫練習 ✏

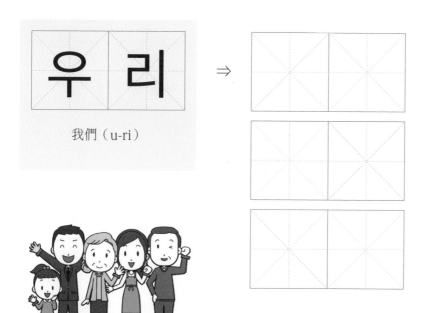

我們（u-ri）

⇒

單字練習

郵局 u-che-guk **우체국**	牛蒡 u-eong **우엉**
郵票 u-pyo **우표**	烏龍麵 u-dong **우동**
雨衣 u-bi **우비**	學習 bae-u-da **배우다**
帛琉 pal-la-u **팔라우**	雨傘 u-san **우산**

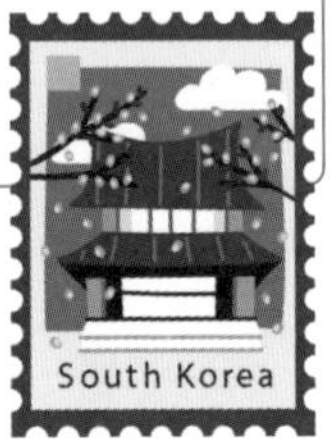

▶ 郵票

◆ **우리 어디 갈까?**
u-ri　　eo-di　　gal-kka
我們要去哪裡呢？

◆ **김밥에 우엉이 들어 있어요 .**
gim-ba-be　　u-eong-i　　deu-reo　　i-sseo-yo
紫菜包飯裡有牛蒡。

◆ **이 근처에 우체국❶ 있어요 ?**
i　geun-cheo-e　u-che-guk　i-sseo-yo
這附近有郵局嗎？

◆ **밖에 비 오니까 우산 가져가 .**
ba-kke　　bi　　o-ni-kka　　u-san　　ga-jyeo-ga
外面在下雨，請記得帶雨傘。

▶ 這附近有郵局嗎？

小筆記：

❶ 「이 근처에 _____ 있어요 ? 這附近有 _____ 嗎 ?」是很實用的句型喔！可以把任何一個場所帶進來使用。

ㅡ / [eu]

　　此母音是中文裡沒有的發音，較接近中文發音的ㄜ（e）。首先，牙齒輕輕地咬住後舌頭躺平，這時候的舌頭不需用力，要放輕鬆喔！接著在喉嚨發出聲音即可。很多學習者把它當作為ㄗ（z）的發音，這是錯誤的！它並不是ㄗ（z），但是有比較接近ㄗ（z）的後半音。這個發音的重點是，一定要記得舌頭不要動，也不要出力喔！

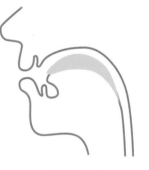

▲ 舌頭的位置

寫字技巧

　　「ㅡ」為水平母音，若要和子音結合，必須要放在子音的下面。

❶ →

手寫練習

ㄱ 거

那個（geu-geo）

圖畫
geu-rim
그림

麥克風
ma-i-keu
마이크

痛
a-peu-da
아프다

就……、只是
geu-nyang
그냥

新聞
nyu-seu
뉴스

慢
neu-ri-da
느리다

聖誕節
keu-ri-seu-ma-seu
크리스마스

希臘
geu-ri-seu
그리스

◆ 그냥 그래요.
geu-nyang　geu-rae-yo
還好。

◆ 그게 뭐예요?
geu-ge　mwo-ye-yo
那是什麼?

◆ 재미있는 한국 드라마 있어요?
jae-mi-in-neun　han-guk　deu-ra-ma　i-sseo-yo
有沒有好看的韓劇?

◆ 크리스마스는 한국의 공휴일이에요.
keu-ri-seu-ma-seu-neun　han-gu-gui　gong-hyu-i-ri-e-yo
聖誕節是韓國的國定假日。

小筆記:

❶ 「그냥」指「就那樣」。「그냥 그래요」是指「還好」,**不好也不壞**的意思,可以用在任何一個情況。

❷ 「의」在這裡是當**所有格**「的」的意思,一般韓國人會把所有格發音為 [에]。

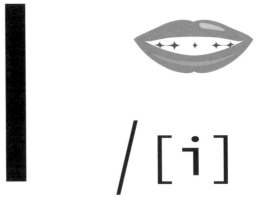

發音技巧

　　等同於中文發音的一（i）。這個母音和阿拉伯數字的「1」長得一模一樣，有趣的是，它和數字「1」的發音也一樣喔！

寫字技巧

　　「ㅣ」是垂直母音，若要和子音結合，必須要放在子音的右邊。

筆劃順序

❶ |

手寫練習

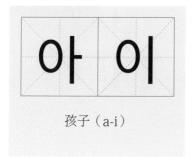

아 이

孩子（a-i）

⇒

記者
gi-ja
기자

如今
i-je
이제

腿
da-ri
다리

年齡
na-i
나이

理由
i-yu
이유

偶像
a-i-dol
아이돌

蝴蝶
na-bi
나비

聲音
so-ri
소리

▶ 偶像

◆ **좋아하는** 아이돌**이 누구예요?**
jo-a-ha-neun　　a-i-do-ri　　　nu-gu-ye-yo
喜歡的偶像是誰?

◆ **한국어를 배우는** 이유**가 뭐예요?**
han-gu-geo-reul　bae-u-neun　　i-yu-ga　　mwo-ye-yo
學韓文的理由是什麼?

◆ 나이**가 어떻게 되세요?** ❶
na-i-ga　　eo-tteo-ke　　doe-se-yo
請問您幾歲?

◆ 이제 ❷ **슬슬 집에 갑시다.**
i-je　　seul-seul　　ji-be　　gap-si-da
差不多準備回家吧。

▲ 學韓文的理由是什麼?

小筆記:
❶ 韓國人在第一次見面時都會**問年齡**,因為韓文有敬語和半語,要知道對方比我大還是小,才會知道說話時到底要使用敬語還是半語。
❷ 指「如今」、「此刻」、「往後」。

NOTE

複合母音

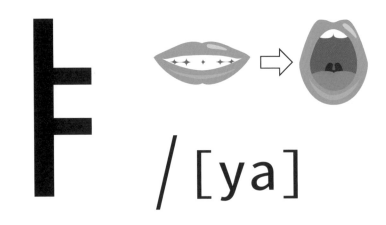

ㅑ / [ya]

發音技巧

　　「ㅑ」是「ㅣ」加上「ㅏ」而成的複合母音，接近中文發音的一ㄚ（ia）。短暫地發出「ㅣ」後，緊接著發「ㅏ」的音即可。

寫字技巧

　　「ㅑ」是垂直母音，若要和子音結合，必須要放在子音的右邊。

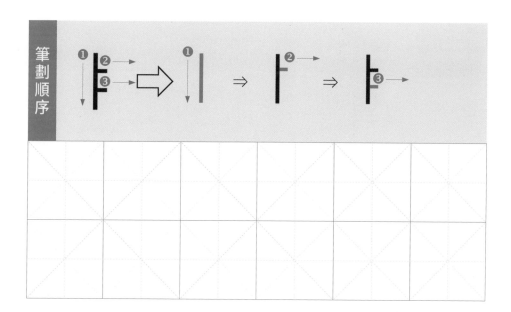

手寫練習

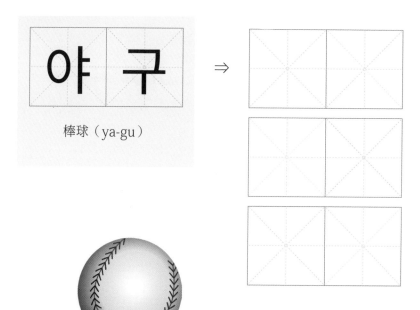

야 구

棒球（ya-gu）

椰子樹
ya-ja-su
야자수

木瓜
pa-pa-ya
파파야

蔬菜
ya-chae
야채

加班
ya-geun
야근

貓
go-yang-i
고양이

故事
i-ya-gi
이야기

約會
yak-sok
약속

宵夜
ya-sik
야식

▶ 木瓜

◆ **대만에서 파파야❶ 우유를 꼭 마셔**

dae-ma-ne-seo　　pa-pa-ya　　u-yu-reul　　kkok　ma-syeo

봐야 돼요.

bwa-ya　　dwae-yo

在臺灣，一定要喝喝看木瓜牛奶。

◆ **족발❷은 한국에서 인기 있는**

jok-ba-reun　　han-gu-ge-seo　　in-gi　　in-neun

야식이에요.

　　ya-si-gi-e-yo

豬腳是在韓國有人氣的宵夜。

◆ **재미있는 이야기해 주세요.**

jae-mi-in-neun　　i-ya-gi-hae　　ju-se-yo

請說一些有趣的故事給我聽。

◆ **매일 야근해서 피곤해요❸.**

mae-il　　ya-geun-hae-seo　　pi-gon-hae-yo

因為每天加班，很疲勞。

小筆記：
❶ 韓國沒有木瓜，所以木瓜是韓國人來臺灣必吃的水果之一。
❷ 指「豬腳」。
❸ 指「疲勞」、「疲倦」。

▲ 請說一些有趣的故事給我聽

ㅕ

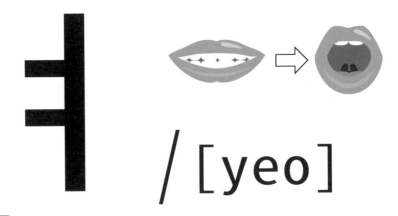

ㅕ/ [yeo]

發音技巧

　　「ㅕ」是「ㅣ」加上「ㅓ」而成的複合母音，接近中文發音的ㄧㄛ
（io）。短暫地發出「ㅣ」後，緊接著發「ㅓ」的音即可。

寫字技巧

　　「ㅕ」是垂直母音，若要和子音結合，必須要放在子音的右邊。

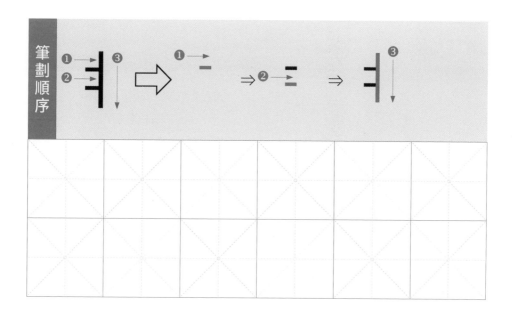

手寫練習

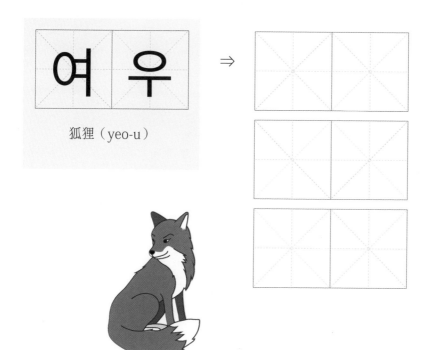

狐狸（yeo-u）

老公、老婆 yeo-bo **여보**	這裡 yeo-gi **여기**
夏天 yeo-reum **여름**	六（數字） yeo-seot **여섯**
冬天 gyeo-ul **겨울**	舌頭 hyeo **혀**
汝矣島（地名） yeo-ui-do **여의도**	喝 ma-syeo-yo **마셔요**

▶ 夏天

◆ 여보세요?
　yeo-bo-se-yo
　喂？

◆ 여보, 오늘 몇 시에 퇴근해요?
　yeo-bo　o-neul　myeot　si-e　toe-geun-hae-yo
　老公，今天幾點下班呀？

◆ 지금 뭐 마셔요?
　ji-geum　mwo　ma-syeo-yo
　你現在在喝什麼？

◆ 여러분, 여기 좀 보세요.
　yeo-reo-bun　yeo-gi　jom　bo-se-yo
　各位，請看這邊喔。

▶ 你現在在喝什麼？

小筆記：

❶ 是接電話時的第一句：「喂？」
❷ 彼此稱呼為老公或老婆時使用。

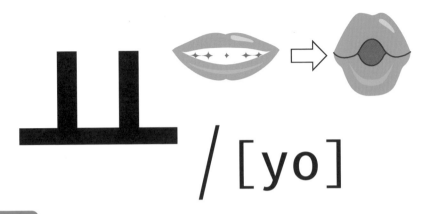

ㅛ
/[yo]

「ㅛ」是「丨」加上「ㅗ」而成的複合母音，接近中文發音的ㄧㄡ（iou）。短暫地發出「丨」後，緊接著發「ㅗ」的音即可。我們會常常聽到韓國人說「맛있어요.[ma-si-sseo-yo]好吃。」「사랑해요.[sa-rang-hae-yo]我愛你。」在這裡最後結尾的「唷」的音就是「ㅛ」這一個母音！

「ㅛ」是水平母音，若要和子音結合，必須要放在子音的下面。

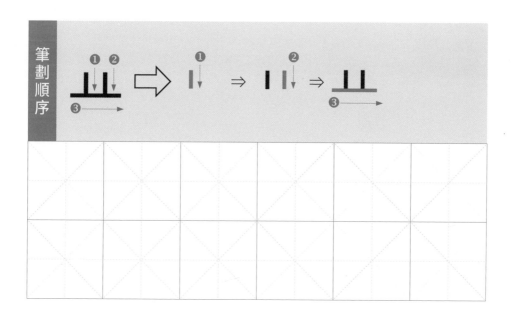

手寫練習

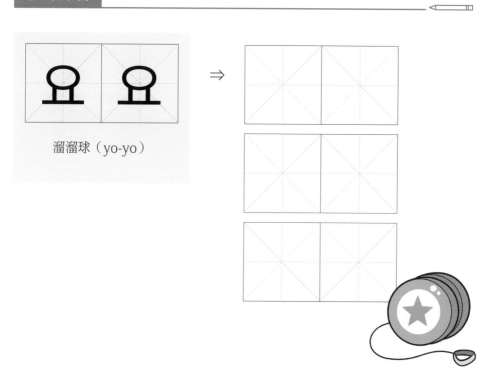

溜溜球（yo-yo）

教授 gyo-su **교수**	料理 yo-ri **요리**
瑜珈 yo-ga **요가**	最近 yo-jeum **요즘**
優格 yo-geo-teu **요거트**	材料 jae-ryo **재료**
免費 mu-ryo **무료**	購物 syo-ping **쇼핑**

▶ 瑜珈

◆ **명동은** 쇼핑**하기** ❶ **좋은** 곳이에요 .

myeong-dong-eun　syo-ping-ha-gi　jo-eun　　go-si-e-yo

明洞是適合逛街的地方。

◆ **요즘 잘 지내요** ❷ ?

yo-jeum　jal　ji-nae-yo

最近過得好嗎？

◆ **한국** 요리 **배우고 싶어요** ❸ .

han-guk　yo-ri　bae-u-go　si-peo-yo

想要學韓國料理。

◆ **입장료가** 무료**예요** .

ip-jang-nyo-ga　　mu-ryo-ye-yo

入場費是免費。

▲ 想要學韓國料理

小筆記：

❶ 文法「V- 기 좋다」為「適合……」的意思。

❷ 因為是疑問句，語調要往上喔！如果把語調往下，意思為「最近過得好」。

❸ 文法「V- 고 싶어요」為「想要」的意思，前面接原形動詞。

ㅠ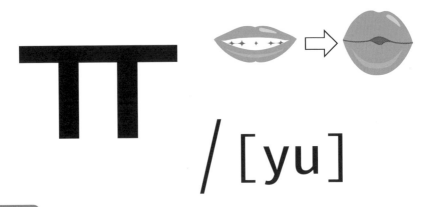

/[yu]

發音技巧

「ㅠ」是「ㅣ」加上「ㅜ」而成的複合母音，接近中文發音的ㄧㄨ（iu）。短暫地發出「ㅣ」後，緊接著發「ㅜ」的音即可。因為這個母音長得像哭臉，所以韓國人要表達哭臉的時候會打兩個「ㅠㅠ」，也有些人使用「ㅜㅜ」來表達。

寫字技巧

「ㅠ」是水平母音，若要和子音結合，必須要放在子音的下面。

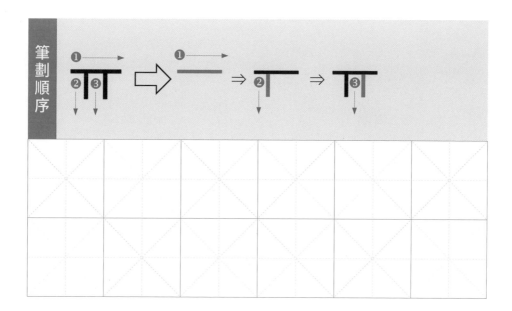

手寫練習

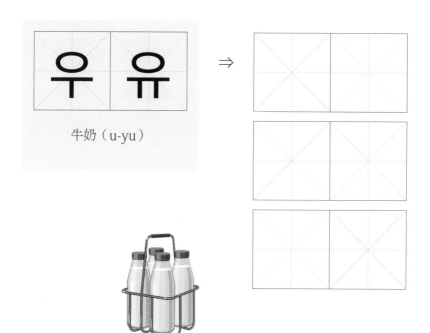

牛奶（u-yu）

玻璃 yu-ri **유리**	衛生紙 hyu-ji **휴지**
油菜花 yu-chae-kkot **유채꽃**	糖醋肉 tang-su-yuk **탕수육**
柚子茶 yu-ja-cha **유자차**	收費 yu-ryo **유료**
服飾 ui-ryu **의류**	遊覽船 yu-ram-seon **유람선**

▶ 服飾

◆ **제주도는** 유채꽃**이 유명해요** .

je-ju-do-neun　　yu-chae-kko-chi　　yu-myeong-hae-yo

濟州島以油菜花聞名。

◆ **저기요**! 휴지 좀 주세요 .

jeo-gi-yo　　　　hyu-ji　　jom　　ju-se-yo

不好意思，請給我一點衛生紙。

◆ 이 게임은 유료**예요** .

　i　　ge-i-meun　　　　yu-ryo-ye-yo

這遊戲是要付費的。

◆ **중국집에서** 탕수육을 꼭 시켜야

jung-guk-ji-be-seo　　tang-su-yu-geul　kkok　si-kyeo-ya

돼요 .

dwae-yo

在中華料理店，一定要點糖醋肉。

▲ 中華料理店

小筆記：

❶ 稱呼**不認識的人**或**店員**時使用。

❷ 指「中華料理店」。在韓國不妨可以嚐嚐中華料理，和中式又有不同的風味。

ㅐ

/ [ae]

　　「ㅐ」是「ㅏ」加上「ㅣ」而成的複合母音，但是在發音上，並不是發「ㅏ」後接著發「ㅣ」的音喔！此母音大致上接近中文發音的ㄟ（ei），只是不像ㄟ（ei）一樣音會拉長，只要發前音即可。在中世紀的韓文發音裡，這一個母音如同字面上的結合會發出「ㅏ」→「ㅣ」順序的音，到了現代後幾乎所有人都發ㄟ（ei）的音了。

寫字技巧

　　「ㅐ」是垂直母音，若要和子音結合，必須要放在子音的右邊。

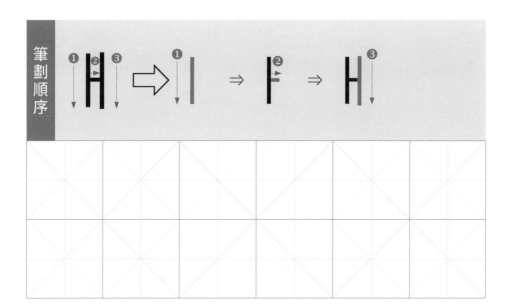

手寫練習

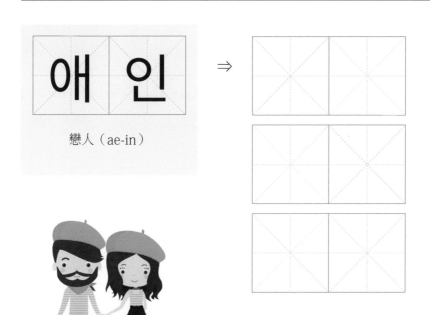

애 인

戀人（ae-in）

每天
mae-il
매일

螞蟻
gae-mi
개미

迎春花
gae-na-ri
개나리

水梨
bae
배

孩子們
ae-deul
애들

青蛙
gae-gu-ri
개구리

梅花
mae-hwa
매화

歌曲
no-rae
노래

▶ 螞蟻

◆ **한국어는 매일 복습해야 실력이**
han-gu-geo-neun　　mae-il　　bok-seu-pae-ya　　sil-lyeo-gi
늘어요 .
neu-reo-yo
韓文要每天複習才會進步。

◆ **노래를 들으면서 공부해요 .** ❶
no-rae-reul　　deu-reu-myeon-seo　　gong-bu-hae-yo
我邊聽音樂邊讀書。

◆ **개나리는 봄에 피는 노란색** ❷
gae-na-ri-neun　　bo-me　　pi-neun　　no-ran-saek
꽃이에요 .
kko-chi-e-yo
迎春花是春天開的黃色的花。

◆ **배 안 고파요 ?** ❸
bae　　an　　go-pa-yo
肚子不餓嗎？

▲ 我邊聽音樂邊讀書

小筆記：
❶ 文法「-(으) 면서」為「「邊……　邊……」」的意思。
❷ 迎春花是**四月左右開的花**，花瓣很小，春天的時候在韓國到處都會看到喔！
❸ 「배」不僅只有「水梨」的意思，也可以指「**肚子**」。

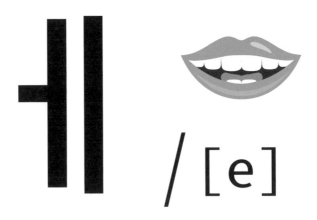

/ [e]

發音技巧

「ㅔ」是「ㅓ」加上「ㅣ」而成的複合母音，此母音和「ㅐ」一樣，接近中文發音的ㄟ（ei）。兩個母音的發音幾乎相同，韓國人也很難區分出這兩個母音之間的差別，所以一般要透過背單字的方式，才會知道到底母音是「ㅐ」還是「ㅔ」。若一定要說出兩個母音之間的差別，「ㅐ」的舌頭位置比較低，在嘴形上會比「ㅔ」開一些；「ㅔ」的嘴形會比「ㅐ」小一點。

寫字技巧

「ㅔ」是垂直母音，若要和子音結合，必須要放在子音的右邊。

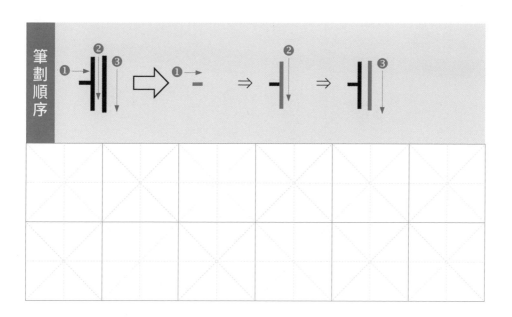

手寫練習

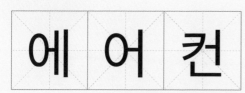

에 어 컨 　冷氣（e-eo-keon）

⇓

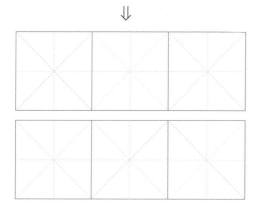

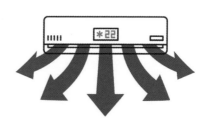

相機
ka-me-ra
카메라

能量
e-neo-ji
에너지

鞦韆
geu-ne
그네

洗臉
se-su
세수

世界
se-gye
세계

昨天
eo-je
어제

花蟹
kkot-ge
꽃게

電視
tel-le-bi-jeon
텔레비전

▶ 相機

◆ **제 꿈은 세계 일주예요 .** ❶

je kku-meun se-gye il-ju-ye-yo

我的願望是環遊世界。

◆ **어제 카메라를 샀어요 .**

eo-je ka-me-ra-reul sa-sseo-yo

昨天買了相機。

◆ **텔레비전 볼 때가 제일 행복해요 .** ❷

tel-le-bi-jeon bol ttae-ga je-il haeng-bo-kae-yo

看電視的時候最幸福。

◆ **에어컨 좀 꺼 주세요 .**

e-eo-keon jom kkeo ju-se-yo

請幫我關冷氣。

▲ 我的願望是環遊世界

小筆記：

❶ 「세계 일주」是漢字的「世界一周」翻過來的單字，指「環遊世界」。

❷ 在口語裡，大多數人使用縮寫後的單字「티비 (TV)」喔！

ㅒ

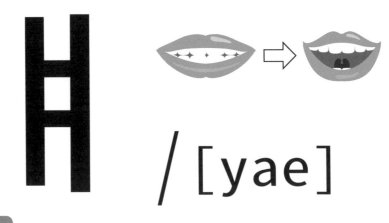

/ [yae]

發音技巧

母音「ㅒ」本身是「ㅑ」+「ㅣ」組合而成的母音，但是在發音上卻是「ㅣ」加上「ㅐ」的發音，先短暫地發出「ㅣ」後，緊接著發「ㅐ」的音即可。

寫字技巧

「ㅒ」是垂直母音，若要和子音結合，必須要放在子音的右邊。

單字練習

與「ㅒ」相關的單字很少，基本上用到的只有「얘기 故事」、「얘 這個人」、「걔 距離對方近的那個人（通俗的說法）」、「쟤 距離對方遠的那個人（通俗的說法）」、「아이섀도 眼影」這幾個單字而已。

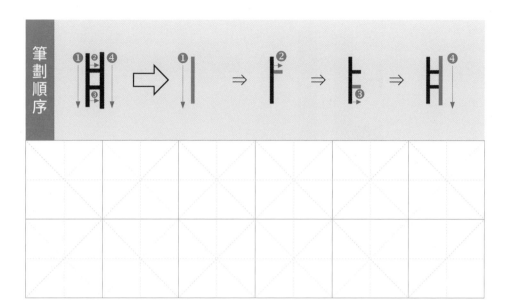

手寫練習

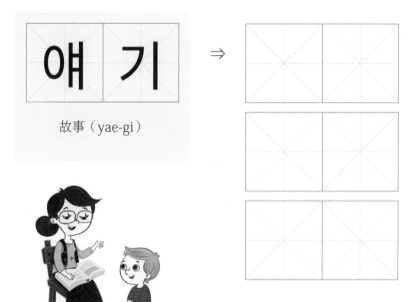

故事（yae-gi）

ㅖ /[ye]

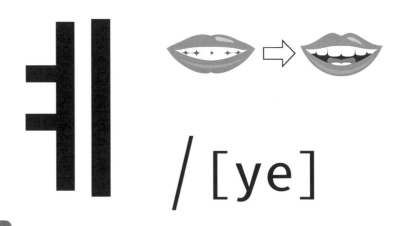

　　母音「ㅖ」本身是「ㅕ」+「ㅣ」組合成的母音，但是在發音上卻是「ㅣ」加上「ㅔ」的發音，先短暫地發出「ㅣ」後，緊接著發「ㅔ」的音即可。當母音「ㅖ」與子音「ㄱ」、「ㅍ」、「ㅎ」結合的時候，為了發音的方便，通常會發「ㅔ」的音，例如：

시계	時鐘	→	實際發音	羅馬拼音
			si-ge / si-gye	si-gye

지혜	智慧	→	實際發音	羅馬拼音
			chi-he / chi-hye	ji-hye

寫字技巧

　　「ㅖ」是垂直母音，若要和子音結合，必須要放在子音的右邊。

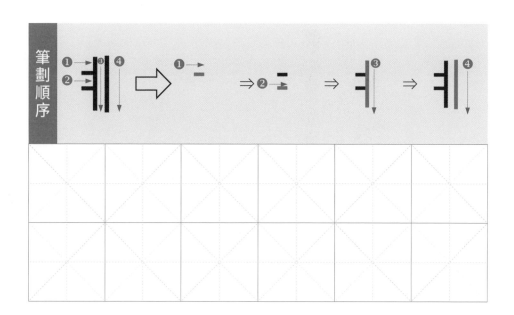

手寫練習

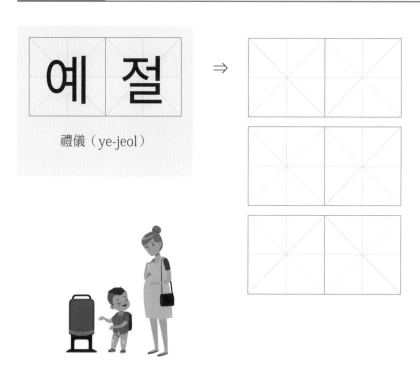

예절

禮儀（ye-jeol）

雞蛋
gye-ran
계란

繼續
gye-sok
계속

時鐘
si-gye
시계

紙鈔
ji-pye
지폐

肺癌
pye-am
폐암

樓梯
gye-dan
계단

季節
gye-jeol
계절

智慧
ji-hye
지혜

▶ 樓梯

◆ 계절 중에서 눈이 오는 겨울을
gye-jeol   jung-e-seo   nu-ni   o-neun   gyeo-u-reul

좋아해요 .
jo-a-hae-yo

在季節當中，最喜歡下雪的冬天。

◆ 한국에서는 식사 예절이 중요해요 .
han-gu-ge-seo-neun   sik-sa   ye-jeo-ri   jung-yo-hae-yo

在韓國，用餐禮儀很重要。

◆ 계단을 자주 오르면 건강에
gye-da-neul   ja-ju   o-reu-myeon   geon-gang-e

좋습니다 .
jo-seum-ni-da

常常爬樓梯對身體好。

◆ 한국어를 계속 배울 거예요 .
han-gu-geo-reul   gye-sok   bae-ul   geo-ye-yo

我要繼續學韓文。

▶ 常常爬樓梯對身體好

놔 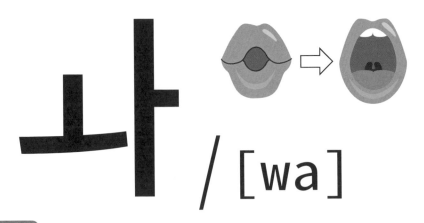 / [wa]

　　「놔」是「ㅗ」加上「ㅏ」而成的複合母音，大致上等同於中文發音的ㄨㄚ（wua）。短暫地發出「ㅗ」後，緊接著發「ㅏ」的音即可。

　　「놔」裡面有水平母音，也有垂直母音。若要和子音結合，先寫子音，再寫水平母音後，最後寫垂直母音即可。

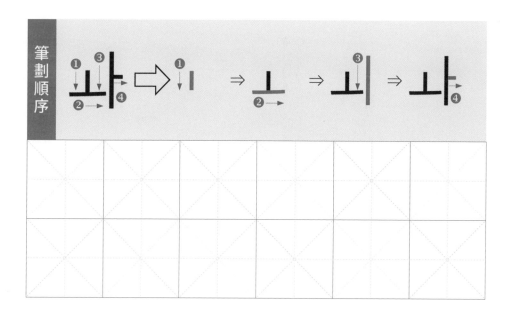

手寫練習

星期二（hwa-yo-il）

⇓

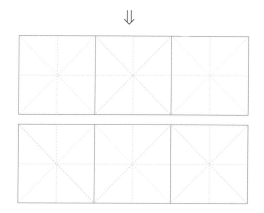

單字練習

襯衫 wa-i-syeo-cheu **와이셔츠**	蘋果 sa-gwa **사과**
餅乾 gwa-ja **과자**	果園 gwa-su-won **과수원**
畫家 hwa-ga **화가**	花牌 hwa-tu **화투**
麻花捲 kkwa-bae-gi **꽈배기**	化妝室 hwa-jang-sil **화장실**

▶ 畫家

◆ 사과 **같은 내 얼굴**[1] , 예쁘기도 하지요 .
sa-gwa　ga-teun　nae　eol-gul　　ye-ppeu-gi-do　　ha-ji-yo
我的臉蛋像蘋果一樣，實在是漂亮！

◆ **화투**[2] 는 어디에서 살 수 있어요 ?
hwa-tu-neun　　　eo-di-e-seo　　sal　su　i-sseo-yo
在哪裡買得到花牌呢？

◆ 맛있는 꽈배기가 먹고 싶어요 .
ma-sin-neun　kkwa-bae-gi-ga　meok-go　si-peo-yo
我想吃好吃的麻花捲。

◆ 요즘 과자를 먹어서 살 쪘어요[3] .
yo-jeum　gwa-ja-reul　meo-geo-seo　sal　jjyeo-sseo-yo
最近因為吃了餅乾變胖了。

小筆記 :

❶ 這是一首非常有名的**韓國童歌**，歌名為「사과 같은 내 얼굴 我的臉蛋像蘋果一樣」，
　韓國人相信吃蘋果會變漂亮。在韓國，蘋果最有名的地區為「대구 大邱」，所以人
　人都說大邱有很多美女！
❷ 花牌共有 48 張的小卡，象徵 12 個月。
❸ 這裡使用的文法為「- 아 / 어서」，指「因為」。

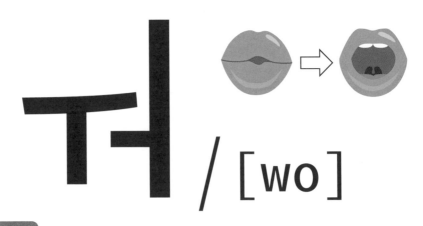

ㅝ / [wo]

　　「ㅝ」是「ㅜ」加上「ㅓ」而成的複合母音，大致上等同於中文發音的ㄨㄛ（wo）。短暫地發出「ㅜ」後，緊接著發「ㅓ」的音即可。

寫字技巧

　　「ㅝ」裡面有水平母音，也有垂直母音。若要和子音結合，先寫子音，再寫水平母音後，最後寫垂直母音即可。

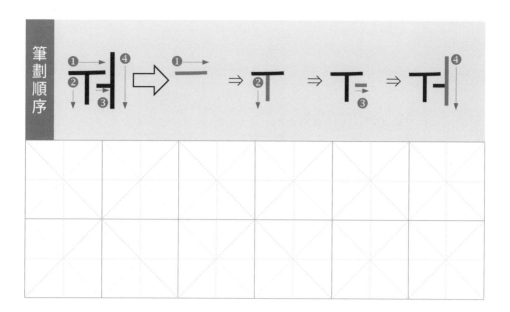

手寫練習

더 워 요　　熱（deo-wo-yo）

⇩

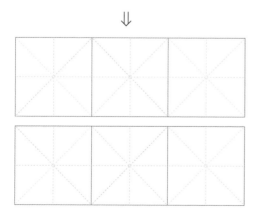

冷	可愛
chu-wo-yo	gwi-yeo-wo-yo
추워요	귀여워요

非常	給
wo-nak	jwo-yo
워낙	줘요

什麼	辣
mwo	mae-wo-yo
뭐	매워요

簡單	難
swi-wo-yo	eo-ryeo-wo-yo
쉬워요	어려워요

▶ 辣

◆ **한국어가 재미있고❶** 쉬워요 .
han-gu-geo-ga　　jae-mi-it-go　　swi-wo-yo
韓文又有趣又簡單。

◆ **이게** 뭐**예요 ?**
i-ge　　mwo-ye-yo
這是什麼？

◆ **청양고추가❷ 그렇게** 매워요 ?
cheong-yang-go-chu-ga　　geu-reo-ke　　mae-wo-yo
青陽辣椒有那麼辣嗎？

◆ **방금** 뭐**라고 했어요 ?**
bang-geum　　mwo-ra-go　　hae-sseo-yo
你剛剛說了什麼？

▲ 你剛剛說了什麼？

小筆記：

❶ 「- 고」指「又……又……」、「並且」的意思。。

❷ 青陽辣椒是**韓國最辣的辣椒**。

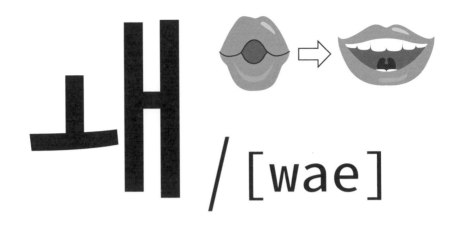

ㅙ / [wae]

「ㅙ」是「ㅗ」加上「ㅐ」而成的複合母音，大致上等同於中文發音的ㄨㄟ（wei）。短暫地發出「ㅗ」後，緊接著發「ㅐ」的音即可。

寫字技巧

「ㅙ」裡面有水平母音，也有垂直母音。若要和子音結合，先寫子音，再寫水平母音後，最後寫垂直母音即可。

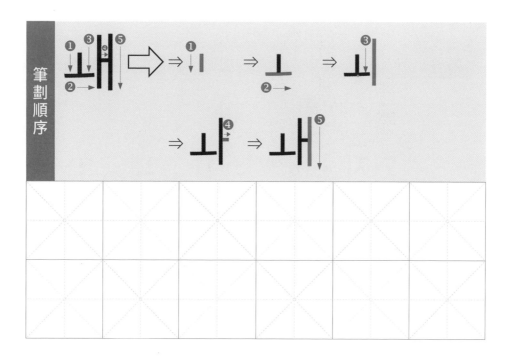

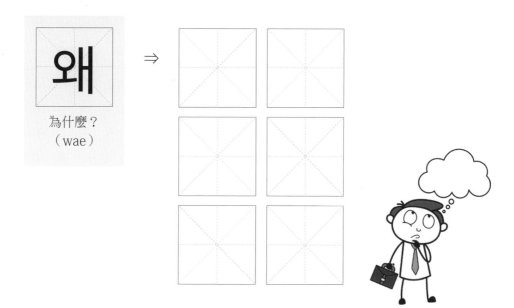

왜

為什麼？
（wae）

豬
dwae-ji
돼지

相當
kkwae
꽤

鎖骨
swae-gol
쇄골

不錯
gwaen-chan-ta
괜찮다

占卜
jeom-gwae
점괘

無緣無故地
gwaen-hi
괜히

可以
dwae-yo
돼요

清爽
sang-kwae-ha-da
상쾌하다

▶ 占卜

◆ **지하철에서 음식을 먹어도 돼요❶?**
ji-ha-cheo-re-seo　　eum-si-geul　　meo-geo-do　　dwae-yo
在捷運裡可以吃東西嗎？

◆ **내일 시간 괜찮아❷?**
nae-il　　si-gan　　gwaen-cha-na
你明天有空嗎？

◆ **왜 그래?**
wae　　geu-rae
怎麼了？

◆ **저는 돼지고기를 안 먹어요.**
jeo-neun　　dwae-ji-go-gi-reul　　an　　meo-geo-yo
我不吃豬肉。

▲ 我不吃豬肉

小筆記：
❶ 文法「- 아 / 어도 돼요?」指「可以……嗎？」。
❷ 正確的發音為 [괜차나]。原形為「괜찮다」，指「可以」、「沒關係」、「不錯」。

궤 / [we]

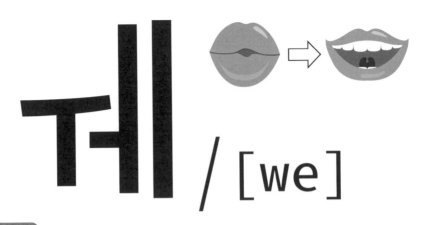

　　「ᅰ」是「ㅜ」加上「ㅔ」而成的複合母音，大致上等同於中文發音的ㄨㄟ（wei）。短暫地發出「ㅜ」後，緊接著發「ㅔ」的音即可。和上一個母音「ᅫ」的發音幾乎相同，不過，在外來語的單字裡，使用「ᅰ」的頻率是比較高的。

　　「ᅰ」裡面有水平母音，也有垂直母音。若要和子音結合，先寫子音，再寫水平母音後，最後寫垂直母音即可。

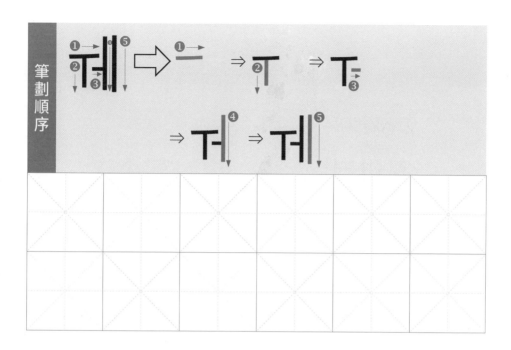

毛衣（seu-we-teo）

⇓

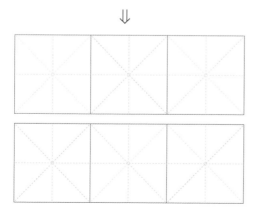

服務員
we-i-teo
웨이터

毀損
hwe-son
훼손

白紗
we-ding-deu-re-seu
웨딩드레스

妨礙
hwe-bang
훼방

縫
kkwe-mae-da
꿰매다

怎麼回事
wen-nil
웬일

軌道
gwe-do
궤도

波浪捲
we-i-beu
웨이브

▶ 軌道

◆ **제 소원은 예쁜** 웨딩드레스**를 입는**
je　so-won-eun　ye-ppeun　we-ding-deu-re-seu-reul　im-neun

거예요 .
geo-ye-yo

我的夢想是穿漂亮的白紗。

◆ **따뜻한** 스웨터 **좀 보여 주세요 .**[1]
tta-tteu-tan　seu-we-teo　jom　bo-yeo　ju-se-yo

請給我看溫暖的毛衣。

◆ 웬일**이야 ?**[2]
wen-ni-ri-ya

怎麼了？

◆ 웨이브 **있는 머리로 해 주세요 .**[3]
we-i-beu　in-neun　meo-ri-ro　hae　ju-se-yo

請幫我燙捲髮。

▶ 我的夢想是穿漂亮的白紗

小筆記：

❶ 此句的中文為「請給我看」。

❷ 收到許久未聯絡的朋友的訊息時，可以用此句來回覆喔！字面上的意思為：「什麼事情？」間接地翻成：「怎麼了？」、「怎麼突然聯絡我？」

❸ 指「請幫我做」的意思。

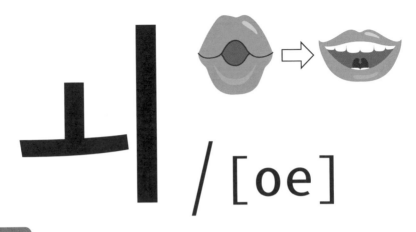

ㅚ / [oe]

　　「ㅚ」是「ㅗ」加上「ㅣ」而成的複合母音。此母音有兩種不同的發音方式，第一種方式如同字面上的結合，先短暫的發「ㅗ」，再發出「ㅣ」，這樣的話發音會變成中文裡沒有的ㄡㄧ（oui）的音，但是現代很少人會這樣發音喔！第二種方式就是現代韓國人發的音，大致上等同於中文發音的ㄨㄟ（wei）。那麼，「ㅙ」和「ㅞ」和「ㅚ」這三個母音不是很難區分嗎？沒有錯！不少韓國人在書寫的時候搞混「ㅙ」、「ㅞ」、「ㅚ」這三個母音，因為現在很少人在區分這三個母音之間微妙的差別了。

寫字技巧

　　「ㅚ」裡面有水平母音，也有垂直母音。若要和子音結合，先寫子音，再寫水平母音後，最後寫垂直母音即可。

手寫練習

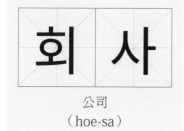

公司
（hoe-sa）

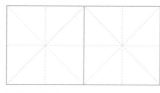

怪物
goe-mul
괴물

外國
oe-guk
외국

會議
hoe-ui
회의

牛肉
soe-go-gi
쇠고기

機會
gi-hoe
기회

大醬湯
doen-jang-jji-gae
된장찌개

外來語
oe-rae-eo
외래어

後悔
hu-hoe
후회

▶ 怪物

◆ **저는 외국 사람이에요 .**
　jeo-neun　oe-guk　　sa-ra-mi-e-yo
我是外國人。

◆ **저는 된장찌개①하고② 김치찌개를**
　jeo-neun　　doen-jang-jji-gae-ha-go　　gim-chi-jji-gae-reul
좋아해요 .
　　jo-a-hae-yo
我喜歡大醬湯和泡菜鍋。

◆ **한국에는 외래어가 많아요③ .**
　han-gu-ge-neun　　oe-rae-eo-ga　　ma-na-yo
韓國有很多外來語。

◆ **회사원④이에요 ?**
　hoe-sa-wo-ni-e-yo
你是上班族嗎？

▶ 我是外國人

小筆記：
❶ 「된장」指「大醬」，是韓式味噌，和日式味噌又有不同的風味。
❷ 指「和」。
❸ 套用連音化的發音規則，正確的發音為 [마나요]。
❹ 從漢字「會社員」翻過來的單字，中文為「上班族」。

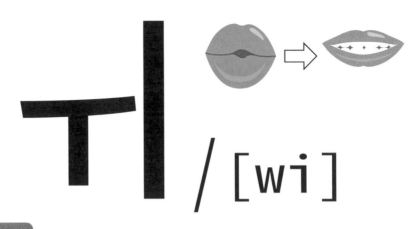

ㅟ / [wi]

　　「ㅟ」是「ㅜ」加上「ㅣ」而成的複合母音，接近中文發音的ㄨㄧ（wui）或ㄩ（yu）。短暫地發出「ㅜ」後，緊接著發「ㅣ」的音即可，念慢會變成ㄨㄧ（wui）的音，念快會變成ㄩ（yu）的音，兩種音都是可以的。

寫字技巧

　　「ㅟ」裡面有水平母音，也有垂直母音。若要和子音結合，先寫子音，再寫水平母音後，最後寫垂直母音即可。

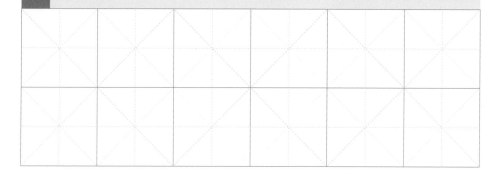

手寫練習

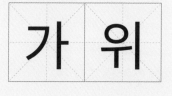

剪刀（ga-wi）

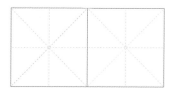

炸物
twi-gim
튀김

口哨
hwi-pa-ram
휘파람

老鼠
jwi
쥐

鬼
gwi-sin
귀신

三明治
saen-deu-wi-chi
샌드위치

蝙蝠
bak-jwi
박쥐

企鵝
peng-gwin
펭권

鵝
geo-wi
거위

▶ 企鵝

◆ 가위 , 바위 , 보 !
　ga-wi　　ba-wi　　bo

剪刀，石頭，布！

◆ 샌드위치 먹을래요 ?
　saen-deu-wi-chi　　meo-geul-lae-yo

要不要吃三明治？

◆ 튀김은 떡볶이 소스에 찍어서
　twi-gi-meun　tteok-bo-kki　so-seu-e　jji-geo-seo

드세요 .
　deu-se-yo

炸物請沾辣炒年糕醬後享用。

◆ 동물원에서 펭귄을 봤어요 .
　dong-mu-rwo-ne-seo　peng-gwi-neul　bwa-sseo-yo

在動物園看到企鵝了。

小筆記：　　　　　　　　　　　　　　　　　　▲ 剪刀，石頭，布！

❶ 任何一種炸物都叫「튀김」。

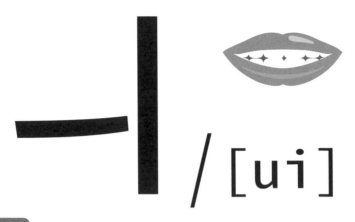

ᅴ / [ui]

「ᅴ」是「ㅡ」加上「ㅣ」而成的複合母音，它是中文裡沒有的音，接近中文發音的ㄟ一（ei）。短暫地發出「ㅡ」後，緊接著發「ㅣ」的音即可。

這個母音有**三種不同的發音**方式：出現在**字首**的時候，要發字面上的 [의]；出現在**字首以外的地方**時，必須發 [이]；若這個母音當作**所有格**「的」來使用時，會發 [에] 的發音。例如：

字首	의사 [의사]	醫生 →	**羅馬拼音** ui-sa	의자 [의자]	椅子 →	**羅馬拼音** ui-ja
字首以外	수의사 [수이사]	獸醫師 →	**羅馬拼音** su-ui-sa	회의 [회이]	會議 →	**羅馬拼音** hoe-ui
所有格	나의 [나에]	我的 →	**羅馬拼音** na-ui	친구의 [친구에]	朋友的 →	**羅馬拼音** chin-gu-ui

「ㅢ」裡面有水平母音，也有垂直母音。若要和子音結合，先寫子音，再寫水平母音後，最後寫垂直母音即可。

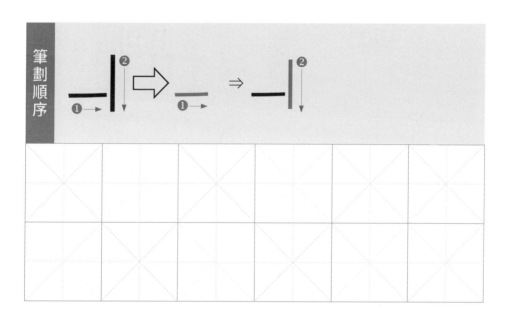

手寫練習

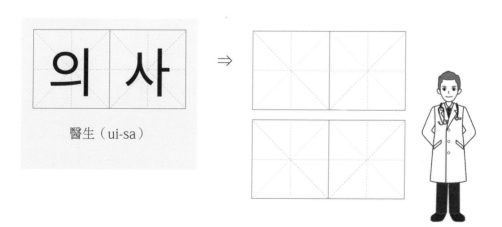

醫生（ui-sa）

單字
練習

椅子 ui-ja **의자**	意義 ui-mi **의미**
希望 hi-mang **희망**	便利商店 pyeon-ui-jeom **편의점**
紋路 mu-ni **무늬**	禮儀 ye-ui **예의**
獸醫師 su-ui-sa **수의사**	你們 / 妳們 neo-hui **너희**

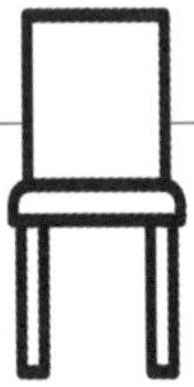

▶ 椅子

◆ 저는 꽃**무늬**❶ 원피스를 좋아해요 .

jeo-neun　kkon-mu-ni　won-pi-seu-reul　jo-a-hae-yo

我喜歡花紋的連身裙。

◆ **의사**❷ 선생님 말씀을 잘 들어야 돼요 .

ui-sa　seon-saeng-nim mal-sseu-meul　jal　deu-reo-ya　dwae-yo

要乖乖聽醫生的話。

◆ **너희**❸ 내일 뭐 해 ?

neo-hui　nae-il　mwo　hae

你們明天要幹嘛？

◆ 제 꿈은 **수의사**❹예요 .

je　kku-meun　su-ui-sa-ye-yo

我的夢想是當獸醫師。

▶ 我的夢想是當獸醫師

小筆記：
❶ 正確的發音為 [무니]。
❷ 「의사」為「醫生」，「선생님」為「老師」。韓國人會用「醫生」加「老師」來稱
　 呼醫生。
❸ 正確的發音為 [너히]。
❹ 正確的發音為 [수이사]。

NOTE

子音

正式進入子音章節前，先看一下子音發音的確切位置，請參考下圖：

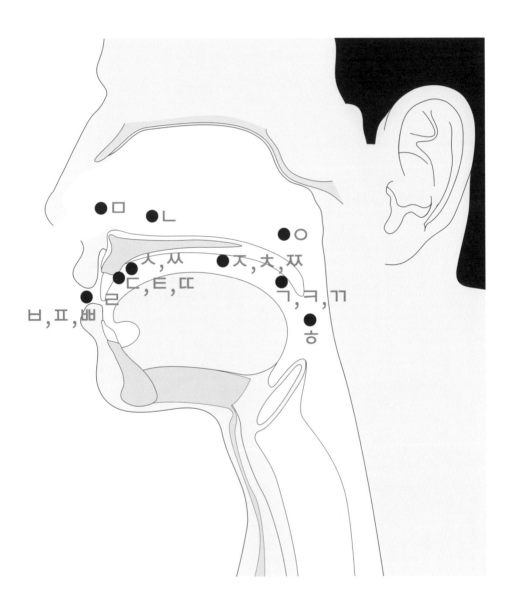

● 子音的分類

平音	ㄱ、ㄷ、ㅂ、ㅅ、ㅈ、ㅎ
清子音	ㅋ、ㅌ、ㅍ、ㅊ
雙子音	ㄲ、ㄸ、ㅃ、ㅆ、ㅉ
鼻音	ㄴ、ㅁ、ㅇ
流音	ㄹ

子音「ㅎ」雖然被歸類在平音，但關於子音「ㅎ」到底是平音還是清子音的疑問在韓國不斷引起爭議，有些學者認為它是平音，有些學者認為它應該是清子音。

ㄱ / [g]

大致上等同於中文發音的ㄍ（g）。

請注意！子音「ㄱ」有兩種發音，在**字首**時發ㄎ（k），從**第二個字開始**發回原本ㄍ（g）的音。

例如：「고기 肉」，第一個字和第二個字的子音雖為相同，但是第一個字「고」的「ㄱ」為字首，必須發ㄎ（k），而第二個字的「기」必須發ㄍ（g）。如果「고기」的前面又多一個「소 牛」字，那麼「소고기 牛肉」的「고」又要變回ㄍ（g）的音了。

			實際發音	羅馬拼音
고기	肉	→	ko-gi	go-gi

			實際發音	羅馬拼音
소고기	牛肉	→	so-go-gi	so-go-gi

搭配**垂直母音**時，「ㄱ」要寫斜一點（가、야、거、겨、기……）；

搭配**水平母音**時，「ㄱ」要寫正（고、교、구、규、그……）。

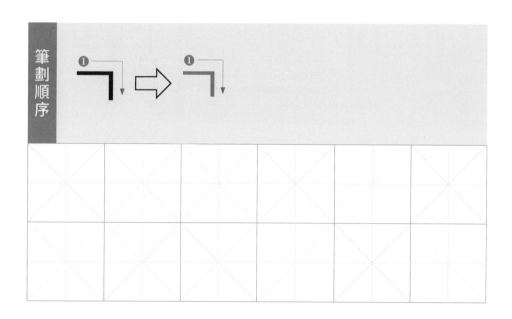

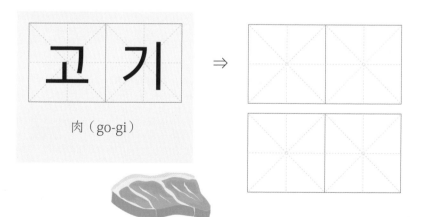

肉（go-gi）

⇒

那裡
geo-gi
거기

過去
gwa-geo
과거

器具
gi-gu
기구

事故
sa-go
사고

皮鞋
gu-du
구두

歌詞
ga-sa
가사

商店
ga-ge
가게

家人
ga-jok
가족

▶ 皮鞋

◆ **과일 가게에서 과일을 사요.**

gwa-il　　ga-ge-e-seo　　gwa-i-reul　　sa-yo

在水果店買水果。

◆ **한국에는 고깃집이 많아요.** ❶

han-gu-ge-neun　　go-git-ji-bi　　ma-na-yo

韓國有很多烤肉店。

◆ **가족이 몇 명이에요?** ❷

ga-jo-gi　　myeot　　myeong-i-e-yo

家裡一共有幾口人？

◆ **이 노래는 가사가 좋아요.**

i　　no-rae-neun　　ga-sa-ga　　jo-a-yo

這首歌的歌詞很好聽。

▶ 家裡一共有幾口人？

小筆記：

❶ 「고기」指「肉」。但是後面加了「집 家」之後會變成「고깃집」（「고기」的第二個字下面會多一個「ㅅ」），指「烤肉店」。

❷ 「몇 명」指「幾個人」。套用**鼻音化**的發音規則後，正確的發音為 [면명]。

ㄴ / [n]

大致上接近中文發音的ㄋ（n），是韓文子音的**鼻音**。

很多學習者在學習子音「ㄴ」的時候會有這樣的疑問：「為什麼韓國人念起來不像ㄋ（n），更像ㄌ（l）？」這個問題的答案在於我們的舌頭位置上。根據調查，韓國人發「ㄴ」的時候，舌頭位置確實偏向於外國人發ㄌ（l）的位置。所以說更準確一點，韓文的子音「ㄴ」或許對外國人來說，其實是介於ㄋ（n）與ㄌ（l）中間的音。

筆劃順序

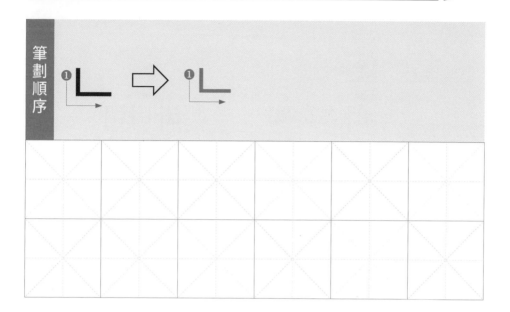

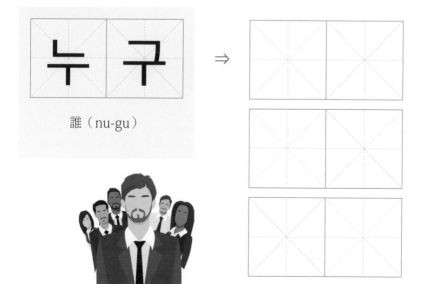

誰（nu-gu）

⇒

姊姊（男生稱呼）
nu-na
누나

香蕉
ba-na-na
바나나

我也是
na-do
나도

非常
neo-mu
너무

蝴蝶
na-bi
나비

新聞
nyu-seu
뉴스

不是
a-ni-yo
아니요

市區
si-nae
시내

▶ 蝴蝶

◆ 나도 알아요 .
na-do　　a-ra-yo
我也知道。

◆ 누구세요 ?
nu-gu-se-yo
您是哪位？

◆ 시내 구경했어요 .
si-nae　　gu-gyeong-hae-sseo-yo
我逛了市區。

◆ 아침마다 한국 뉴스를 봐요 .
a-chim-ma-da　　han-guk　　nyu-seu-reul　　bwa-yo
我每天早上看韓國新聞。

▶ 我每天早上看韓國新聞

小筆記：

❶ 講電話時也可以使用喔！

❷ 「마다」指「每」、「每當」。

ㄷ / [d]

　　大致上等同於中文發音的ㄉ（d）。

　　請注意！子音「ㄷ」有兩種發音，在**字首**時發ㄊ（t），從**第二個字開始**發回原本ㄉ（d）的音。

　　例如：「다도 茶道」，第一個字和第二個字的子音雖為相同，但是第一個字的「ㄷ」為字首，必須發ㄊ（t）；而第二個字應該發ㄉ（d）。

다도	茶道	→	實際發音	羅馬拼音
			ta-do	da-do

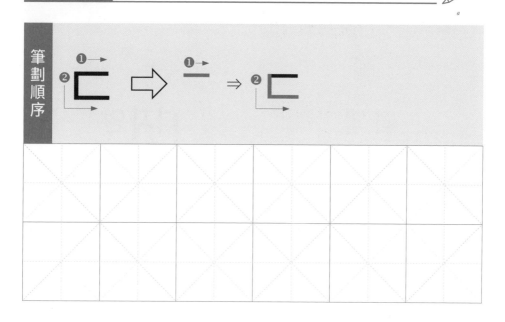

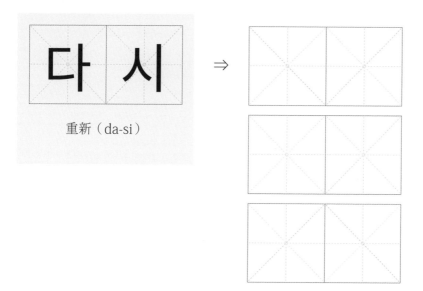

重新（da-si）

茶點
da-gwa
다과

設計、款式
di-ja-in
디자인

松鼠
da-ram-jwi
다람쥐

都市
do-si
도시

大學生
dae-hak-saeng
대학생

車道
cha-do
차도

地圖
ji-do
지도

陶瓷
do-ja-gi
도자기

▶ 地圖

◆ 다시 한번 말씀해 주세요 .

da-si han-beon mal-sseum-hae ju-se-yo

請再說一次。

◆ 서울은 아름다운 도시예요 .

seo-u-reun a-reum-da-un do-si-ye-yo

首爾是美麗的都市。

◆ 저는 대학생이 아니에요 ❶.

jeo-neun dae-hak-saeng-i a-ni-e-yo

我不是大學生。

◆ 디자인이 마음에 ❷ 들어요 .

di-ja-i-ni ma-eu-me deu-reo-yo

我喜歡這個款式。

▲ 首爾是美麗的都市

小筆記：
❶「아니에요」指「不是……」。
❷ 原形為「마음에 들다」，指「合心意」、「喜歡」。

ㄹ /[r/l]

大致上等同於中文發音的ㄌ（ㄧ）。

請注意！子音「ㄹ」有兩種發音，在**字首**時發**不捲舌**的ㄌ（ㄧ），從**第二個字開始**發**稍微捲舌後**的ㄖ（r）的音，不過這裡說的捲舌並不完全是中文裡的捲舌音喔！只要比ㄌ（ㄧ）稍微捲一點即可。

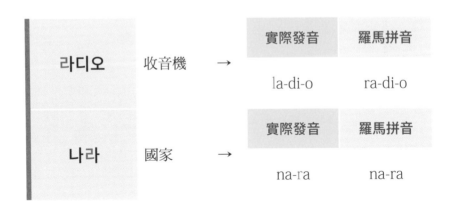

라디오	收音機	→	實際發音	羅馬拼音
			la-di-o	ra-di-o

나라	國家	→	實際發音	羅馬拼音
			na-ra	na-ra

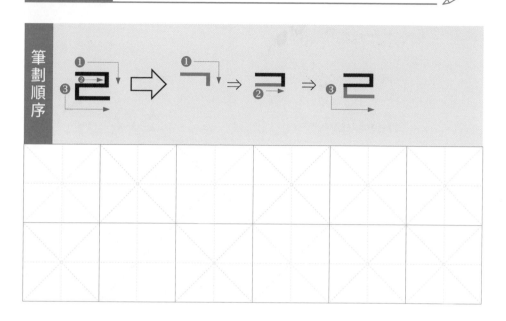

手寫練習

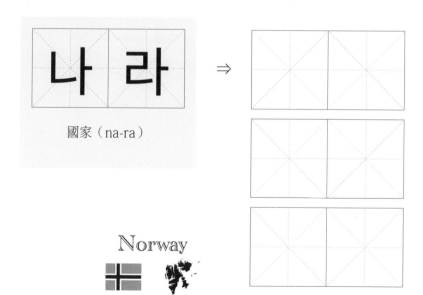

國家（na-ra）

Norway

腿
da-ri
다리

螺
so-ra
소라

蝴蝶結
ri-bon
리본

遙控器
ri-mo-keon
리모컨

類型
jang-neu
장르

部落格
beul-lo-geu
블로그

垃圾
sseu-re-gi
쓰레기

可樂
kol-la
콜라

▶ 遙控器

◆ **콜라 마실래？**
　 kol-la　　ma-sil-lae
　要不要喝可樂？

◆ **이건 일반 쓰레기예요？재활용**
　 i-geon　il-ban　　sseu-re-gi-ye-yo　　　jae-hwa-ryong

쓰레기예요？
　 sseu-re-gi-ye-yo
　這是一般垃圾，還是資源回收垃圾？

◆ **어느 나라에서 왔어요？**
　 eo-neu　　na-ra-e-seo　　wa-sseo-yo
　你來自於哪一個國家？

◆ **제 블로그에 놀러 오세요 .**
　 je　 beul-lo-geu-e　　nol-leo　 o-se-yo
　來我的部落格看一看吧。

▲ 這是一般垃圾，還是資源回收垃圾？

小筆記：

❶ 「블로그」指「部落格」。另外，「部落客」的韓文為「블로거」。

ㅁ / [m]

等同於中文發音的ㄇ（m），是韓文子音的**鼻音**。

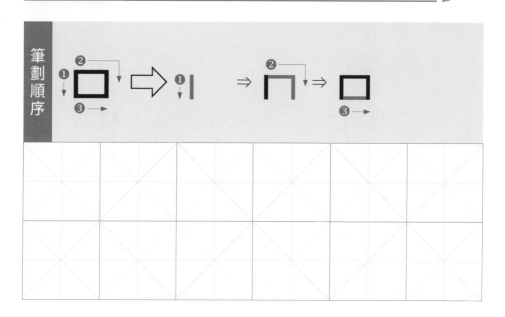

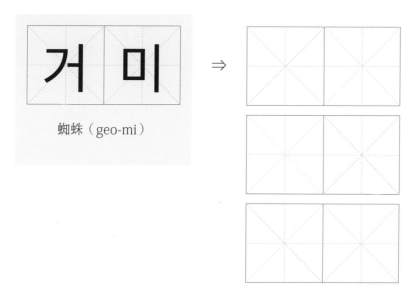

거 미

蜘蛛（geo-mi）

單字練習

蟬 mae-mi 매미	形象 i-mi-ji 이미지
全部 mo-du 모두	趣味 myo-mi 묘미
地瓜 go-gu-ma 고구마	蚊子 mo-gi 모기
河馬 ha-ma 하마	熨斗 da-ri-mi 다리미

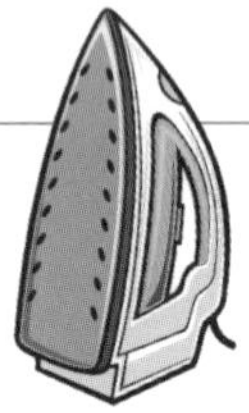

▶ 熨斗

◆ **한국은 겨울에 군고구마를 팔아요 .**

han-gu-geun　　gyeo-u-re　　gun-go-gu-ma-reul　　pa-ra-yo

韓國在冬天時賣烤地瓜。

◆ **우리 모두 힘냅시다** ❶ **!**

u-ri　　mo-du　　him-naep-si-da

我們都加油吧！

◆ **한국하면 떠오르는 이미지가**

han-gu-ka-myeon　　tteo-o-reu-neun　　i-mi-ji-ga

뭐예요 ?

mwo-ye-yo

說到韓國會連想到什麼？

◆ **거미** ❷ **라는 한국 가수 노래를 좋아해요 .**

geo-mi-ra-neun　han-guk　ga-su　no-rae-reul　jo-a-hae-yo

喜歡叫作「巨美（英文名：Gummy）」的韓國歌手。

小筆記：

❶ 此句應用了文法「-(으) ㅂ시다」，指「…… 吧」。

❷ 「거미」指昆蟲的「蜘蛛」，也是韓國著名女歌手的藝名喔！

▲ 我們都加油吧！

ㅂ / [b]

等同於中文發音的ㄅ（b）。

請注意！子音「ㅂ」有兩種發音，在**字首**時發ㄆ（p），從**第二個字開始**發回原本ㄅ（b）的音。

例如：「바보 笨蛋」，第一個字和第二個字的子音雖為相同，但是第一個字「바」的「ㅂ」為字首，必須發ㄆ（p）；而第二個字「보」的「ㅂ」應該發ㄅ（b）。

			實際發音	羅馬拼音
바보	笨蛋	→	pa-bo	ba-bo

			實際發音	羅馬拼音
부부	夫婦	→	pu-bu	bu-bu

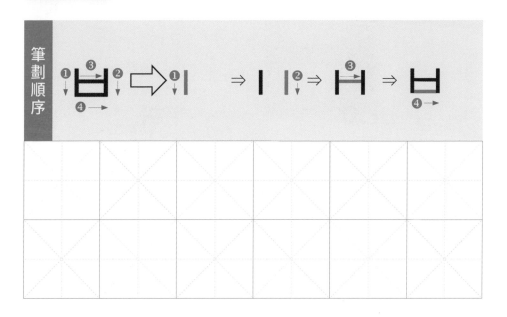

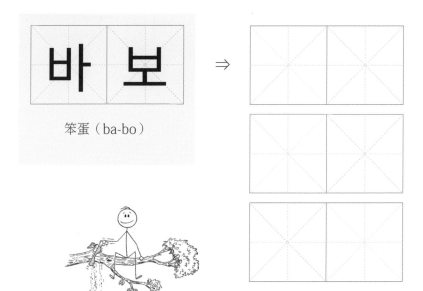

笨蛋（ba-bo）

褲子
ba-ji
바지

香草
heo-beu
허브

飛機
bi-haeng-gi
비행기

豆腐
du-bu
두부

夫婦、夫妻
bu-bu
부부

扔
beo-ri-da
버리다

海
ba-da
바다

籃子
ba-gu-ni
바구니

▲ 飛機

◆ 산이 바다보다 더 시원해요 .
sa-ni   ba-da-bo-da   deo   si-won-hae-yo
山比海還要更涼快。

◆ 허브티가 몸에 좋다고 해요 .
heo-beu-ti-ga   mo-me   jo-ta-go   hae-yo
聽說香草茶對身體好。

◆ 저기 바지 입은 사람이 제 친구예요 .
jeo-gi   ba-ji   i-beun   sa-ra-mi   je   chin-gu-ye-yo
那邊穿褲子的人是我的朋友。

◆ 물건은 장바구니에 담아 주세요 .
mul-geo-neun   jang-ba-gu-ni-e   da-ma   ju-se-yo
請把東西裝在購物袋裡。

▲ 聽說香草茶對身體好

小筆記：
❶「보다」指「比起」。
❷ 指「香草茶」。
❸「 - 다고 해요」指「聽說……」。
❹ 指「購物袋」。

ㅅ / [s]

　　較接近中文發音的「ㄙ（s）」，但是與「ㄙ（s）」不完全相同。發音時，舌尖貼在下齒背，輕輕地把氣放出來，這時候千萬不能用力發音，而且舌頭**不能碰到硬顎**。

　　此外，**當「ㅅ」與「ㅣ」相關的任何一個母音搭配時必須發ㄒ（sh）**，例如：「시」、「샤」、「셔」、「쇼」、「슈」、「섀」、「셰」、「쉬」。除了這些之外，還有一個母音「ㅞ」也是會發ㄒ（sh）的音，照理來說「ㅅ」搭配「ㅞ」是發ㄙ（s）的，只是現代人都把它發音為ㄒ（sh）的音，換句話說，把「쉐」這一個字的子音發ㄙ（s）也對，ㄒ（sh）也沒有錯。

寫字技巧

筆劃順序

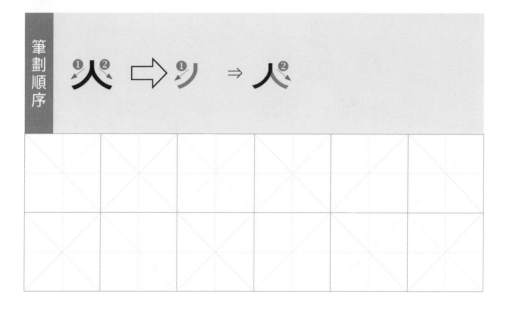

手寫練習

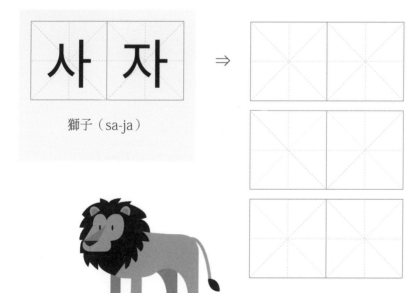

사 자

獅子（sa-ja）

歌手
ga-su
가수

沙發
so-pa
소파

時間
si-gan
시간

休息
swi-da
쉬다

蝦子
sae-u
새우

修理
su-ri
수리

公車
beo-seu
버스

洗衣機
se-tak-gi
세탁기

▶ 洗衣機

◆ 버스를 타고 출근해요 .

beo-seu-reul　　ta-go　　chul-geun-hae-yo

我搭公車上班。

◆ 요즘 시간이 없어요 .

yo-jeum　　si-ga-ni　　eop-seo-yo

最近沒空（沒有時間）。

◆ 좋아하는 가수 콘서트에 갔어요 .

jo-a-ha-neun　　ga-su　　kon-seo-teu-e　　ga-sseo-yo

我去了喜歡的歌手的演唱會。

◆ 일찍 쉬세요 .

il-jjik　　swi-se-yo

請早點休息。

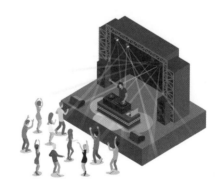

▲ 我去了喜歡的歌手的演唱會

小筆記：
❶ 原形為「타다」，是指「搭乘」。
❷ 原形為「쉬다」，是指「休息」。

/[-]

　　「ㅇ」是**不發音**的子音，不管與哪個母音搭配都不會發音，是**零聲母**。有一點需要注意，如果「ㅇ」當終聲來使用時，「ㅇ」是會發音的，關於終聲的詳細內容請翻閱終聲章節。

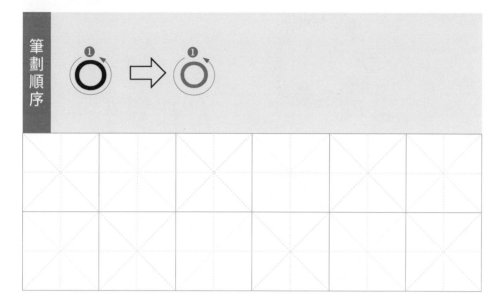

筆劃順序

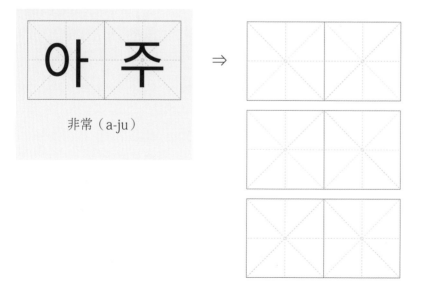

非常（a-ju）

⇒

洋蔥 yang-pa **양파**	旁邊 yeop **옆**
牙齒 i-ppal **이빨**	幼兒 yu-a **유아**
關係、之間 sa-i **사이**	魚板 eo-muk **어묵**
梨泰院（地名） i-tae-won **이태원**	名字 i-reum **이름**

▶ 洋蔥

◆ 이름이 뭐예요 ?

i-reu-mi　　mwo-ye-yo

你叫什麼名字？

◆ 떡볶이에 어묵을 꼭 넣어야 맛있어요 .

tteok-bo-kki-e　eo-mu-geul　kkok　neo-eo-ya　ma-si-sseo-yo

辣炒年糕裡要放魚板才好吃。

◆ 프로그램이 아주 웃겨요 .

peu-ro-geu-rae-mi　　a-ju　　ut-gyeo-yo

節目很搞笑。

◆ 회사 옆에 영화관이 있어요 .

hoe-sa　　yeo-pe　　yeong-hwa-gwa-ni　　i-sseo-yo

公司旁邊有電影院。

▲ 節目很搞笑

小筆記：

❶ 「프로그램」指「節目」。

ㅈ / [j]

發音技巧

　　大致上接近中文發音的ㄐ（j）。通常講到子音「ㅈ」，很多學習者會把「ㅈ」當成ㄗ（zi）的音，但是仔細聽韓國人的道地發音會發現它是更接近中文發音的ㄐ（j）喔！只是，在搭配「一」的母音時，的確是接近ㄗ（zi）的音。

　　請注意！子音「ㅈ」有兩種發音，在**字首**時發ㄑ（ch），從**第二個字開始**發回原本ㄐ（j）的音。

자주	常常	→	實際發音	羅馬拼音
			cha-ju	ja-ju

재주	才華	→	實際發音	羅馬拼音
			chae-ju	jae-ju

這一個子音有兩種不同寫法，依照個人的習慣，可以寫成ㅈ或ㅊ。

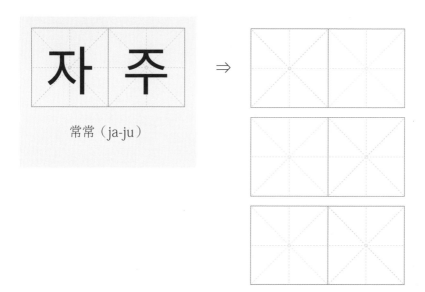

常常（ja-ju）

自己
ja-gi
자기

姪子
jo-ka
조카

濟州島
je-ju-do
제주도

大嬸
a-jum-ma
아줌마

果汁
ju-seu
주스

水梨汁
bae-jeup
배즙

趣味
jae-mi
재미

水庫
jeo-su-ji
저수지

▶ 果汁

◆ **자기**야, 지금 바빠 ？ ❶

ja-gi-ya　　　ji-geum　　ba-ppa

親愛的，你在忙嗎？

◆ **배즙**이 목에 좋다고 해요 .

bae-jeu-bi　　mo-ge　　jo-ta-go　　hae-yo

聽說水梨汁對喉嚨好。

◆ 한국어 **CD** 를 자주 들어요 . ❷

han-gu-geo　　si-di-reul　　ja-ju　　deu-reo-yo

我常常聽韓文 CD。

◆ 저는 사과 주스**만** 마셔요 . ❸

jeo-neun　　sa-gwa　　ju-seu-man　　ma-syeo-yo

我只喝蘋果汁。

▶ 我只喝蘋果汁

小筆記：

❶ 「자기」除了「自己」的意思外，還有一個有趣的意思在，就是稱呼對方為「親愛的」
的意思。

❷ 如果想要用韓文寫「CD」，可以寫成「시디」。

❸ 指「只」。

ㅊ / [ch]

大致上等同於中文發音的ㄑ（ch），只是在搭配「ㄧ」的母音時，接近ㄘ（ci）的音。

「ㅊ」是韓文子音中的**清子音**，所謂的清子音，都會有對應的**平音**存在，與「ㅊ」相對應的平音為「ㅈ」。那麼，平音「ㅈ」在字首上發ㄑ（ch）的音，清子音「ㅊ」也是發ㄑ（ch），我們該如何區分呢？清子音與平音相比，發音的時候**氣會比較多**，當我們單獨發清子音時，接近中文的**四聲**或**輕聲**的感覺。可是如果把清子音放在單字或句子裡，確實會讓學習者難以區分平音與清子音之間微妙的差別，所以要先把平音學好，再來分辨與清子音的不同處才能夠有效率的學習。另外，很多學習者也會分不清楚子音「ㅅ」與「ㅊ」的發音，發「ㅅ」的時候舌頭不會碰到硬顎；而「ㅊ」會碰到硬顎喔！

這一個子音有不同寫法，依照個人的習慣，可以寫成ㅊ或ㅊ或ㅊ。

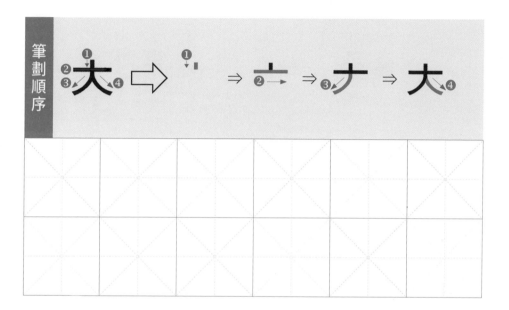

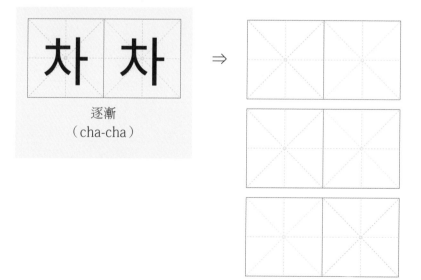

逐漸
（cha-cha）

⇒

出口
chul-gu
출구

紅茶
hong-cha
홍차

壽司
cho-bap
초밥

慶典
chuk-je
축제

汽車
ja-dong-cha
자동차

裙子
chi-ma
치마

蔬菜
chae-so
채소

回憶
chu-eok
추억

▶ 壽司

◆ **재미있는 추억이 많아요 .**
jae-mi-in-neun　　chu-eo-gi　　ma-na-yo
有很多有趣的回憶。

◆ **홍차 마실래요[1] ?**
hong-cha　　ma-sil-lae-yo
要喝點紅茶嗎？

◆ **일식집[2]에서 초밥이 제일 맛있어요[3] .**
il-sik-ji-be-seo　　cho-ba-bi　　je-il　　ma-si-sseo-yo
在日式料理店，壽司最好吃。

◆ **여름[4]에 재미있는 축제가 있어요[5] .**
yeo-reu-me　　jae-mi-in-neun　　chuk-je-ga　　i-sseo-yo
夏天有有趣的慶典。

▲ 在日式料理店，壽司最好吃

小筆記：
❶ 這裡使用了「-(으)ㄹ래요?」的文法，用於詢問或提議對方要不要做某件事情時。
❷ 指「日式料理店」。
❸ 套用**連音化**的發音規則後，正確的發音為 [마시써요]。
❹ 指「夏天」。
❺ 套用**連音化**的發音規則後，正確的發音為 [이써요]。

ㅋ / [k]

大致上等同於中文發音的ㄎ（k），是韓文子音中的**清子音**，與「ㅋ」對應的的平音為「ㄱ」，當我們單獨發清子音時，接近中文的**四聲**或**輕聲**。子音「ㅋ」與我們的笑聲很接近，所以當韓國人在傳訊息時，想要表達某件事情很好笑或想要打笑聲時，就會使用這個子音，而且打的是很誇張的，例如下圖。

ㅋㅋㅋㅋㅋㅋㅋㅋㅋㅋㅋㅋㅋㅋㅋㅋㅋㅋ
ㅋㅋㅋㅋㅋㅋㅋㅋㅋㅋㅋㅋㅋ

搭配**垂直母音**時，「ㅋ」要寫斜一點（카、캬、커、켜、키…）；
搭配**水平母音**時，「ㅋ」要寫正（코、쿄、쿠、큐、크…）。

筆劃順序

手寫練習

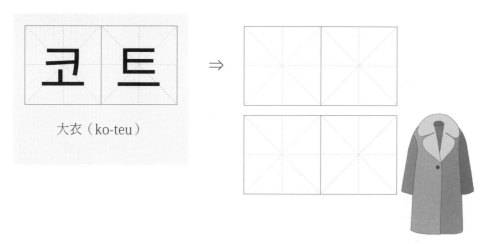

大衣（ko-teu）

蛋糕
ke-i-keu

케이크

餅乾
ku-ki

쿠키

大象
ko-kki-ri

코끼리

香港
hong-kong

홍콩

大波斯菊
ko-seu-mo-seu

코스모스

可可
ko-ko-a

코코아

奇異果
ki-wi

키위

無尾熊
ko-al-la

코알라

◆ **따뜻한** 코코아 **한 잔 주세요 .** ❶

　tta-tteu-tan　　ko-ko-a　　han　jan　　ju-se-yo

請給我一杯熱可可。

◆ **제일 좋아하는 과일은** 키위**예요 .**

　je-il　　jo-a-ha-neun　　gwa-i-reun　　ki-wi-ye-yo

我最喜歡的水果是奇異果。

◆ **제 취미는** 쿠키를 **굽는 거예요 .** ❷

　je　chwi-mi-neun　ku-ki-reul　gub-neun　geo-ye-yo

我的興趣是烤餅乾。

◆ 케이크 **좋아해요 ?**

　ke-i-keu　　　jo-a-hae-yo

你喜歡蛋糕嗎？

▲ 我的興趣是烤餅乾

小筆記：

❶ 「溫暖的可可」。較簡單的說法為「핫초코」，都指「熱可可」。

❷ 「- 는 거」為「……的事情」、「……的東西」。

ㅌ / [t]

大致上等同於中文發音的ㄊ（t），是韓文子音中的**清子音**，與「ㅌ」對應的的平音為「ㄷ」。當我們單獨發清子音時，接近中文的**四聲**或**輕聲**。

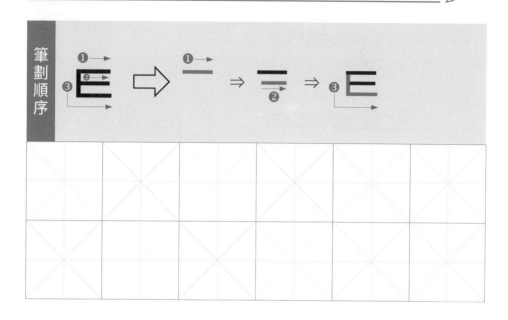

치 타

獵豹（chi-ta）

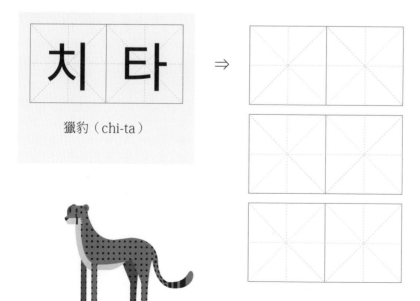

星期六
to-yo-il
토요일

兔子
to-kki
토끼

鴕鳥
ta-jo
타조

泰國
tae-guk
태국

摩托車
o-to-ba-i
오토바이

駱駝
nak-ta
낙타

帳篷
ten-teu
텐트

短袖
ti-syeo-cheu
티셔츠

▶ 帳篷

◆ **오토바이**를 **탈 줄 알아요**❶ **?**
　 o-to-ba-i-reul　　 tal　jul　　a-ra-yo
你會騎摩托車嗎？

◆ **토요일**이 **제일 좋아요 .**
　 to-yo-i-ri　　je-il　　jo-a-yo
我最喜歡星期六。

◆ **사막에서** 낙타**를 보고** 싶어요❷ **.**
　 sa-ma-ge-seo　 nak-ta-reul　 bo-go　 si-peo-yo
想要在沙漠看到駱駝。

◆ **오늘** 티셔츠**를** 입었어요 **.**
　 o-neul　 ti-syeo-cheu-reul　 i-beo-sseo-yo
今天穿了短袖。

▲ 想要在沙漠看到駱駝

小筆記：
❶ 文法「-(으)ㄹ 줄 알아요」指「會」的意思。
❷ 「- 고 싶어요」指「想要」的意思。

　　大致上等同於中文發音的ㄆ（p），是韓文子音中的**清子音**，與「ㅍ」對應的的平音為「ㅂ」。當我們單獨發清子音時，接近中文的**四聲**或**輕聲**。

筆劃順序

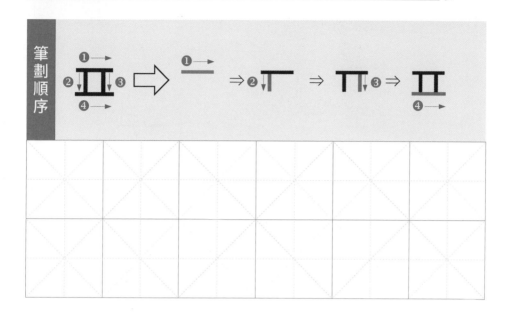

波浪（pa-do）

葡萄
po-do
포도

叉子
po-keu
포크

皮膚
pi-bu
피부

原子筆
bol-pen
볼펜

瀑布
pok-po
폭포

超市
syu-peo-ma-ket
슈퍼마켓

披薩
pi-ja
피자

鋼琴
pi-a-no
피아노

◆ **슈퍼마켓**에서 음료수를 샀어요 .
  syu-peo-ma-ke-se-seo   eum-nyo-su-reul   sa-sseo-yo
在超市買了飲料。

◆ 저는 피아노를 칠 줄 몰라요 ❶ .
  jeo-neun   pi-a-no-reul   chil   jul   mol-la-yo
我不會彈鋼琴。

◆ **피부**가 정말 좋네요 .
   pi-bu-ga   jeong-mal   jon-ne-yo
妳的皮膚好好喔！

◆ **천지연** ❷ 폭포는 제주도의
  cheon-ji-yeon pok-po-neun   je-ju-do-ui
  관광지예요 .
   gwan-gwang-ji-ye-yo
天地淵瀑布是濟州島的觀光景點。

▲ 妳的皮膚好好喔！

小筆記 :
❶ 文法「-(으) ㄹ 줄 몰라요」指「不會」的意思。
❷ 濟州島的「천지연 폭포 天地淵瀑布」和「천제연 폭포 天帝淵瀑布」都值得一去。

ㅎ /[h]

發音技巧

　　大致上等同於中文發音的ㄏ（h）。「ㅎ」這一個子音也可以在傳訊息時當笑聲來使用喔！另外，當學習者聽到「ㅎ」相關單字的時候，常常會說聽不到「ㅎ」的音，那是因為「ㅎ」出現在字首以外的位置時，不少韓國人會把它當成不發音的子音「ㅇ」來看待，但是這並不是韓文裡有的發音規則喔！

寫字技巧

　　「ㅎ」有兩種不同寫法，ㅎ和ㅎ兩種都可以。

手寫練習

湖泊（ho-su）

一天
ha-ru
하루

韓服
han-bok
한복

胡椒
hu-chu
후추

向日葵
hae-ba-ra-gi
해바라기

腰
heo-ri
허리

一（數字）
ha-na
하나

奶奶
hal-meo-ni
할머니

地下
ji-ha
지하

▶ 向日葵

◆ **어제 할머니 댁에 놀러 갔어요 .** ❶ ❷

　eo-je　hal-meo-ni　dae-ge　nol-leo　ga-sseo-yo

昨天去奶奶家玩。

◆ **봉지 하나만 주세요 .**

　bong-ji　ha-na-man　ju-se-yo

請給我一個袋子。

◆ **한복은 한국의 전통 옷이에요 .**

　han-bo-geun　han-gu-gui　jeon-tong　o-si-e-yo

韓服是韓國的傳統服裝。

◆ **하루 종일 공부했어요 .** ❸

　ha-ru　jong-il　gong-bu-hae-sseo-yo

讀了一整天的書。

▲ 請給我一個袋子

小筆記：

❶ 「댁」為「집」的敬語，兩個都是指「家」。

❷ 這裡使用了文法「-(으) 러 가다」，指「去……(為了) 做……」。

❷ 「하루 종일」指「一整天」。

ㄲ / [kk]

　　大致上等同於中文發音的ㄍ（g），「ㄲ」為雙子音，**雙子音**和平音、清子音相比，發音會比較重，所以也叫做**硬音**。平音、清子音、雙子音都是有關連的，與雙子音「ㄲ」對應的平音為「ㄱ」，我們來比較一下平音「ㄱ」和清子音「ㅋ」和雙子音「ㄲ」的差別：

1. 平音　「ㄱ」：在**字首**發ㄎ（k），在**字首以外**的位置上發ㄍ（g）。

2. 清子音「ㅋ」：發ㄎ（k），發音時比平音「ㄱ」的氣會多一些。

3. 雙子音「ㄲ」：發ㄍ（g），發音時比平音「ㄱ」的音還要重。

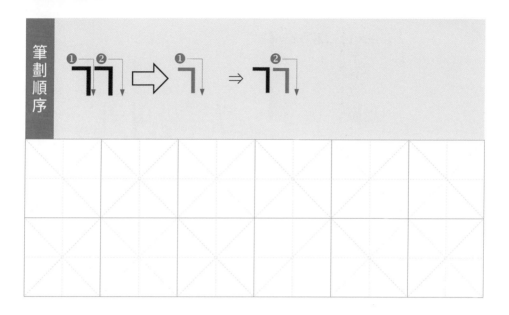

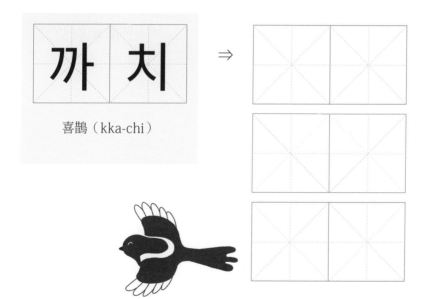

까치

喜鵲（kka-chi）

芝麻
kkae
깨

烏鴉
kka-ma-gwi
까마귀

黑色
kka-man-saek
까만색

剛剛
a-kka
아까

小傢伙
kko-ma
꼬마

肩膀
eo-kkae
어깨

尾巴
kko-ri
꼬리

一直
ja-kku
자꾸

▶ 小傢伙

◆ 아까 뭐라고 했어요？

a-kka　　mwo-ra-go　　hae-sseo-yo

你剛剛說什麼？

◆ 까만색을 제일 좋아해요 . ❶

kka-man-sae-geul　　je-il　　jo-a-hae-yo

我最喜歡黑色。

◆ 옛 추억이 자꾸 생각이 나요

yet　　chu-eo-gi　　ja-kku　　saeng-ga-gi　　na-yo

一直想到以前的回憶。

◆ 한국에서는 까치를 길조로 여기고 ❷

han-gu-ge-seo-neun　　kka-chi-reul　　gil-jo-ro　　yeo-gi-go

있어요 .

i-sseo-yo

在韓國，把喜鵲當作吉祥之鳥。

▲ 你剛剛說什麼？

小筆記：
❶ 指「黑色」。除了「까만색」外，還可以說「검은색」，也是指「黑色」。
❷ 喜鵲在韓國是**吉祥的象徵**，韓國人相信看到喜鵲會發生好運！

ㄸ
/ [tt]

　　大致上等同於中文發音的ㄉ（d），「ㄸ」為雙子音，**雙子音**的發音會比起其他子音重，所以也叫做**硬音**，與雙子音「ㄸ」對應的平音為「ㄷ」。平音「ㄷ」和清子音「ㅌ」和雙子音「ㄸ」的差別：

1. **平音　「ㄷ」**：在字首發ㄊ（t），在字首以外的位置上發ㄉ（d）。
2. **清子音「ㅌ」**：發ㄊ（t），發音時比平音「ㄷ」的氣會多一些。
3. **雙子音「ㄸ」**：發ㄉ（d），發音時比平音「ㄷ」的音還要重。

筆劃順序

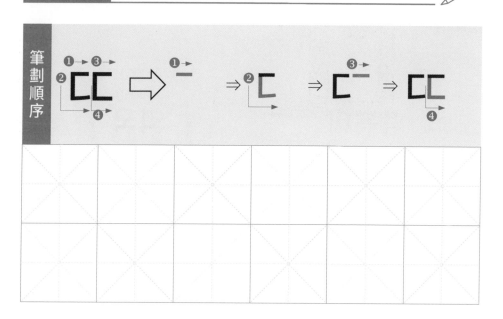

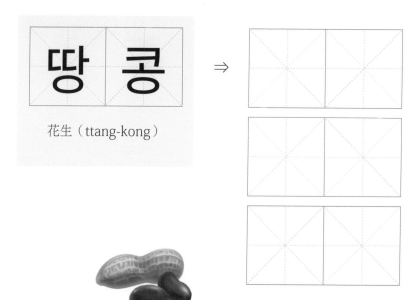

花生（ttang-kong）

炒年糕
tteok-bo-kki
떡볶이

年糕湯
tteok-guk
떡국

蓋子
ttu-kkeong
뚜껑

同輩
tto-rae
또래

又、再次
tto
또

搓澡
ttae-mi-ri
때밀이

紙牌
ttak-ji
딱지

草莓
ttal-gi
딸기

▶ 蓋子

◆ **한국에 가면 때밀이 수건을 꼭 사**
han-gu-ge ga-myeon ttae-mi-ri su-geo-neul kkok sa

보세요 .
bo-se-yo
如果去到韓國，一定要買買看搓澡毛巾。

◆ **한국의 딸기는 크고 향이 좋아요 .**
han-gu-gui ttal-gi-neun keu-go hyang-i jo-a-yo
韓國的草莓又大又香。

◆ **떡국은 설날에 먹는 음식이에요 .**
tteok-gu-geun seol-na-re meok-neun eum-si-gi-e-yo
年糕湯是過年時吃的食物。

◆ **시간 있으면 또 놀러 오세요 .**
si-gan i-sseu-myeon tto nol-leo o-se-yo
如果有空，再來玩！

▶ 年糕湯是過年時吃的食物

小筆記 :

❶ 「때밀이」指搓澡或幫忙搓澡的人，後面加「수건 毛巾」會變成 **搓澡毛巾**，是韓國人洗澡的時候會使用的東西。

❷ 套用 **流音化** 的發音規則後，正確的發音為 [설랄]。在韓國，過年的時候會吃「떡국 年糕湯。」

 / [pp]

　　大致上等同於中文發音的ㄅ（b），「ㅃ」為**雙子音**，雙子音的發音會比起其他子音重，所以也叫做**硬音**，與雙子音「ㅃ」對應的平音為「ㅂ」。平音「ㅂ」和清子音「ㅍ」和雙子音「ㅃ」的差別：

1. **平音　「ㅂ」：在字首**發ㄆ（p），在**字首以外**的位置上發ㄅ（b）。
2. **清子音「ㅍ」**：發ㄆ（p），發音時比平音「ㅂ」的氣會多一些。
3. **雙子音「ㅃ」**：發ㄅ（b），發音時比平音「ㅂ」的音還要重。

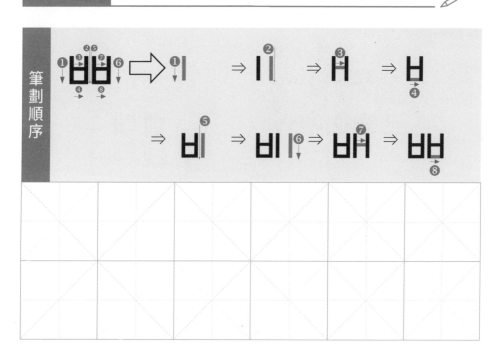

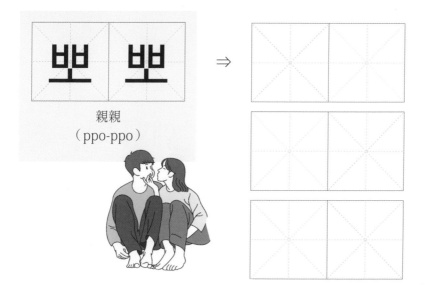

親親
（ppo-ppo）

犀牛
ko-ppul-so
코뿔소

吸管
ppal-dae
빨대

臉頰
ppyam
뺨

鯛魚燒
bung-eo-ppang
붕어빵

洗衣服
ppal-lae
빨래

紅色
ppal-gan-saek
빨간색

愉悅
gi-ppeum
기쁨

漂亮
ye-ppeo-yo
예뻐요

▶ 洗衣服

◆ 붕어빵은 대표적인 길거리 음식이에요 **❶** .

bung-eo-ppang-eun dae-pyo-jeo-gin gil-geo-ri eum-si-gi-e-yo

鯛魚燒是具有代表性的街道食物。

◆ 빨대 **필요하세요 ❷** ?

ppal-dae pi-ryo-ha-se-yo

請問需要吸管嗎?

◆ 빨간색 **립스틱**을 발랐어요 .

ppal-gan-saek lib-seu-ti-geul bal-la-sseo-yo

塗了紅色的口紅。

◆ 제 친구는 얼굴도 마음씨도

je chin-gu-neun eol-gul-do ma-eum-ssi-do

예뻐요 .

ye-ppeo-yo

我的朋友不僅長得漂亮,心地也很善良。

▶ 塗了紅色的口紅

小筆記 :

❶ 指「街道食物」。除了鯛魚燒外,「군고구마 烤地瓜」、「계란빵 雞蛋麵包」、「와플 鬆餅」都是在韓國具有代表性的街道食物。

❷ 原形為「필요하다」,指「需要」的意思。

ㅆ / [ss]

　　大致上等同於中文發音的ㄙ（s），「ㅆ」為**雙子音**，雙子音的發音會比起其他子音重，所以也叫做**硬音**。**當「ㅆ」遇到與「ㅣ」相關的任何一個母音時必須發ㄒ（sh）的音**，例如：「씨」、「쌰」、「쎠」、「쑈」、「쓔」、「쌔」、「쎼」、「쐬」。除了這些之外，還有一個母音「ㅟ」也是，照理來說它是發ㄙ（s）的，只是現代人都把它發音為ㄒ（sh）的音，換句話說，把「쒸」這一個字的子音發ㄙ（s）也對，ㄒ（sh）也沒有錯，和平音「ㅅ」的道理是一樣的。

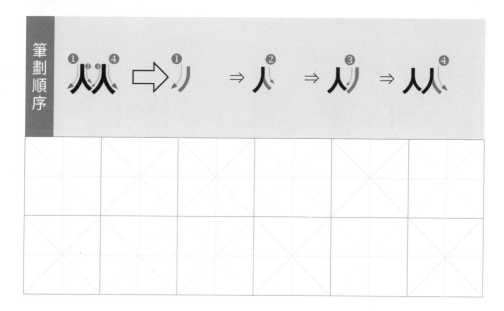

筆劃順序

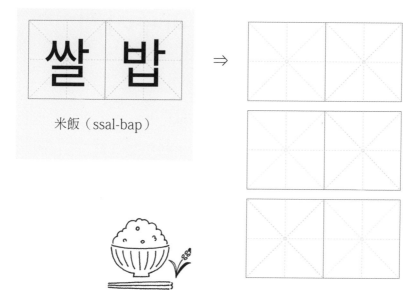

쌀 밥

米飯（ssal-bap）

吵架
ssa-u-da
싸우다

寫作
sseu-gi
쓰기

垃圾
sseu-re-gi
쓰레기

天氣
nal-ssi
날씨

眉毛
nun-sseop
눈썹

牙籤
i-ssu-si-gae
이쑤시개

摔跤
ssi-reum
씨름

雙胞胎
ssang-dung-i
쌍둥이

▶ 吵架

短句練習

◆ 쌍둥이**처럼 닮았어요** .
ssang-dung-i-cheo-reom　dal-ma-sseo-yo
長得和雙胞胎一樣很像。

◆ 오늘 날씨가 굉장히 좋네요 !
o-neul　nal-ssi-ga　goeng-jang-hi　jon-ne-yo
今天天氣非常好耶！

◆ 쓰레기**통**이 어디에 있어요 ?
sseu-re-gi-tong-i　　eo-di-e　　i-sseo-yo
垃圾桶在哪裡？

◆ 씨름 대회에서 이긴 사람은 황소
ssi-reum　dae-hoe-e-seo　i-gin　sa-ra-meun　hwang-so
한 마리를 받았어요 .
han　ma-ri-reul　ba-da-sseo-yo
在摔角比賽獲得勝利的人，會拿到黃牛作為獎品。

小筆記：
❶ 指「相似」。
　韓國人會用「붕어빵 鯛魚燒」來形容長得很像。
❷ 指「非常」。
❸ 指「垃圾桶」。

▲ 長得和雙胞胎一樣很像

ㅉ/[j j]

　　大致上等同於中文發音的ㄐ（j），「ㅉ」為**雙子音**，雙子音的發音會比起其他子音重，所以也叫做**硬音**，「ㅉ」搭配「ㅣ」的母音時，較接近ㄗ（zi）的音。與雙子音「ㅉ」對應的平音為「ㅈ」。平音「ㅈ」和清子音「ㅊ」和雙子音「ㅉ」的差別：

1. **平音　「ㅈ」**：在**字首**發ㄑ（ch），在**字首以外**的位置上發ㄐ（j）。
2. **清子音「ㅊ」**：發ㄑ（ch），發音時比平音「ㅈ」的氣會多一些。
3. **雙子音「ㅉ」**：發ㄐ（j），發音時比平音「ㅈ」的音還要重。

　　「ㅉ」有兩種寫法，ㅉ和ㅉ。

手寫練習

假的（ga-jja）

⇒

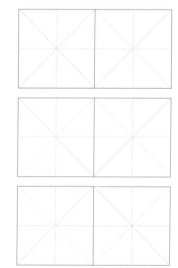

炸醬麵
jja-jang-myeon
짜장면

汗蒸幕
jjim-jil-bang
찜질방

鍋
jji-gae
찌개

醃菜
jang-a-jji
장아찌

手環
pal-jji
팔찌

閃閃亮亮
ban-jjak-ban-jjak
반짝반짝

饅頭
jjin-ppang
찐빵

鹹
jja-da
짜다

▶ 饅頭

◆ **짜장면**하고 **짬뽕** 중에서 뭐 먹을까요?
jja-jang-myeon-ha-go jjam-ppong jung-e-seo mwo meo-geul-kka-yo
炸醬麵和炒馬麵中，要吃什麼呢？

◆ **김치찌개**를 만들 줄 알아요 .
gim-chi-jji-gae-reul man-deul jul a-ra-yo
我會煮泡菜鍋。

◆ 한국에서 **찜질방**에 가 보고 싶어요 .
han-gu-ge-seo jjim-jil-bang-e ga bo-go si-peo-yo
我想去韓國的汗蒸幕看看。

◆ 한국 **반찬** 중에서 **장아찌** 종류가
han-guk ban-chan jung-e-seo jang-a-jji jong-nyu-ga
많아요 .
ma-na-yo
韓國的小菜當中有很多醃菜。

▲ 我想去韓國的汗蒸幕看看

小筆記：
❶ 「짬뽕 炒馬麵」也會翻成「海鮮麵」，會有一點辣。
❷ 指「小菜」。

NOTE

終聲

●終聲（收尾音）

終聲的七種發音：ㄱ、ㄴ、ㄷ、ㄹ、ㅁ、ㅂ、ㅇ。

韓文的終聲只有**七種發音**，其餘的子音必須找出它的代表音，請看以下表格：

ㄱ [k]	ㄴ [n]	ㄷ [t]	ㄹ [l]	ㅁ [m]	ㅂ [p]	ㅇ [ng]
ㄱ ㅋ ㄲ	ㄴ	ㄷ ㅌ ㅅ ㅆ ㅈ ㅊ ㅎ	ㄹ	ㅁ	ㅂ ㅍ	ㅇ

㉠	각 = 갂 = 갃
㉡	난
㉢	닫 = 닽 = 닷 = 닸 = 닺 = 닻 = 닿
㉣	랄
㉤	맘
㉥	압 = 앞
㉦	앙

ㄱ / [k]

　　類似英文 Facebook 的**最後「k」音**。這時候，終聲「ㄱ」的音雖然存在，但不能明顯的發出來，所以在發音上，「ㄱ」的音有**被縮進去（收進去）**的感覺在，因此終聲也稱為**收尾音**。另外，「갂」、「갃」、「갃」這三個字終聲位置上的子音雖然長得不同，但發音是一樣的。因為終聲只有**七種可能**（「ㄱ」、「ㄴ」、「ㄷ」、「ㄹ」、「ㅁ」、「ㅂ」、「ㅇ」），「ㅋ」與「ㄲ」不能當終聲，所以「ㄱ」是「ㅋ」與「ㄲ」的**代表音**。

寫字技巧

　　「ㄱ」在終聲位置的時候，「ㄱ」要寫正，不要寫斜喔！

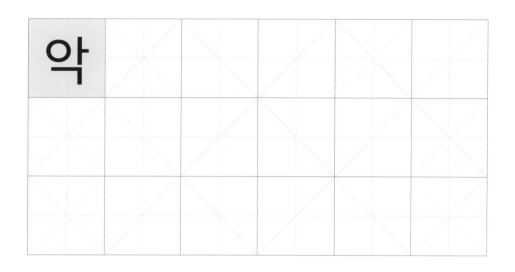

手寫練習

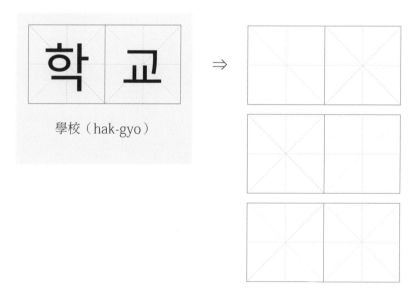

學校（hak-gyo）

⇒

大學生
dae-hak-saeng
대학생

釣魚
nak-ssi
낚시

書
chaek
책

國籍
guk-jeok
국적

筆記型電腦
no-teu-buk
노트북

計程車
taek-si
택시

玉米
ok-su-su
옥수수

藥局
yak-guk
약국

▶ 筆記型電腦

◆ **저는 책 읽는 것을 좋아해요 .**

jeo-neun chaek ing-neun geo-seul   jo-a-hae-yo

我喜歡看書。

◆ **학교에서 축제가 있어요 .**

hak-gyo-e-seo   chuk-je-ga   i-sseo-yo

學校有慶典。

◆ **저녁에 택시 잡는 게 쉽지 않아요 .**

jeo-nyeo-ge   taek-si   jam-neun   ge   swib-ji   a-na-yo

晚上攔計程車不容易。

◆ **국적이 어디예요 ?**

guk-jeo-gi   eo-di-ye-yo

你的國籍是哪裡？

▲ 晚上攔計程車不容易

ㄴ / [n]

　　「ㄴ」在一般子音的位置的時候發「ㄋ（n）」的音，在終聲的位置時大致上等同於中文的「ㄣ」的發音。要注意的點是，**舌頭要輕輕咬住**喔！例如，很多人知道的「언니 姊姊」和「안녕 你好」的第一個字的終聲為「ㄴ」，所以最正確的發音要稍微輕咬舌頭。

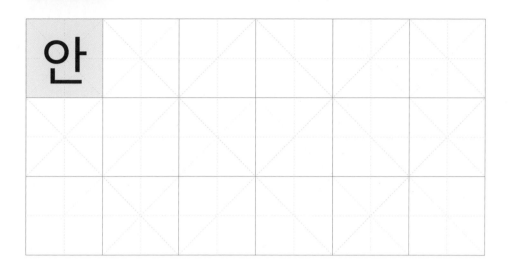

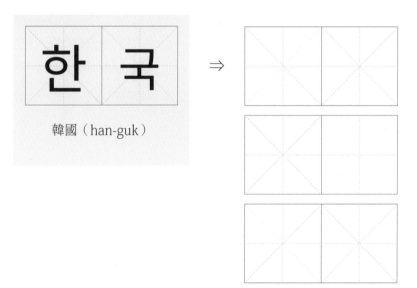

韓國（han-guk）

銀行
eun-haeng
은행

手機
haen-deu-pon
핸드폰

上班族
hoe-sa-won
회사원

圖書館
do-seo-gwan
도서관

臺灣
dae-man
대만

拉麵
ra-myeon
라면

雞蛋
gye-ran
계란

朋友
chin-gu
친구

▶ 拉麵

◆ 계란**빵이 하나에 얼마예요**[1] ?
gye-ran-ppang-i   ha-na-e   eol-ma-ye-yo
雞蛋麵包一個多少錢？

◆ **운전할 때**[2] 핸드폰을 보면 안 돼요 .
un-jeon-hal ttae haen-deu-po-neul bo-myeon an dwae-yo
開車的時候不能看手機。

◆ 대만의 버블티가 유명하**다고**[3] **해요** .
dae-ma-nui   beo-beul-ti-ga   yu-myeong-ha-da-go   hae-yo
聽說臺灣的珍珠奶茶很有名。

◆ 라면과 김치의 궁합이 잘 맞아요 .
ra-myeon-gwa gim-chi-ui gung-ha-bi jal ma-ja-yo
拉麵和泡菜是很相配的食物。

▶ 開車的時候不能看手機

小筆記：
❶ 指「多少錢？」
❷ 原形為「운전하다 開車」，「V/A-(으)ㄹ 때」為「……的時候」。
❸ 「- 다고 해요」指「聽說」。

　　類似英文 not 的**最後「t」的音**，這時候，終聲「ㄷ」的音還是存在的，但不能明顯的發出來，發終聲「ㄷ」的瞬間要停住，所以終聲「ㄷ」**舌頭要頂住**。另外，「ㄷ」是「ㅌ」、「ㅈ」、「ㅊ」、「ㅅ」、「ㅆ」、「ㅎ」的**代表音**。換句話說，「닫」、「닽」、「닺」、「닻」、「닷」、「닸」、「닿」這些字長得不同，但發音卻相同。

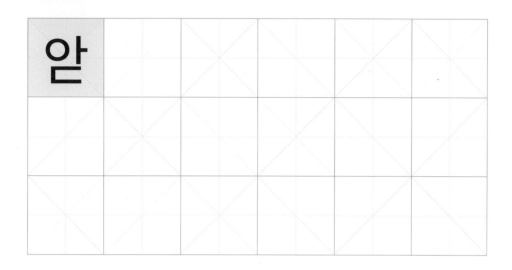

안

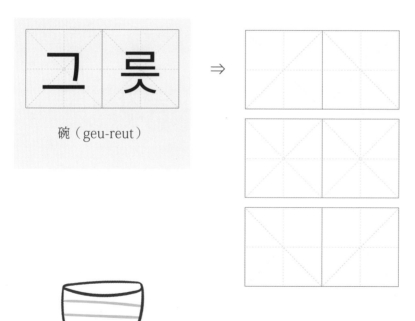

그릇

碗（geu-reut）

⇒

網路
in-teo-net
인터넷

紅豆湯
pat-juk
팥죽

數字
sut-ja
숫자

櫻花
beot-kkot
벚꽃

香菇
beo-seot
버섯

湯匙
sut-ga-rak
숟가락

鄰居
i-ut
이웃

睡過頭
neut-jam
늦잠

▶ 湯匙

◆ **한국은** 인터넷 **속도가 빠르기로**[1]
han-gu-geun　in-teo-net　sok-do-ga　ppa-reu-gi-ro

유명해요 .
yu-myeong-hae-yo

韓國以快的網路速度聞名。

◆ **여의도**[2] 공원에서 벚꽃 구경을 했어요 .
yeo-ui-do　gong-wo-ne-seo　beot-kkot gu-gyeong-eul　hae-sseo-yo

在汝矣島公園逛櫻花了。

◆ 한국에는 두 가지 숫자[3]가 있어요 .
han-gu-ge-neun　du　ga-ji　sut-ja-ga　i-sseo-yo

韓國有兩種數字。

◆ 늦잠을 자서 지각했어요 .
neut-ja-meul　ja-seo　ji-ga-kae-sseo-yo

因為睡過頭，所以遲到了。

小筆記：

❶ 「- 기로 유명해요」指「以……聞名」。

❷ 正確的發音為 [여이도]，因為第二個字的「의」非字首，所以得發「이」。

❸ 韓文的數字有「純韓文數字」和「漢字音數字」兩種。

ㄹ / [ㄹ]

　　類似英文 or 的**最後「r」的音**。終聲「ㄹ」的音還是存在,但不能明顯的發出來,發「ㄹ」的瞬間要停住,所以要發終聲「ㄹ」的音時舌頭要捲上去。要注意的地方是,發這一個終聲的時候,雖然說舌頭會捲上去,但是不會明顯的發出中文的「ㄦ」的音喔!

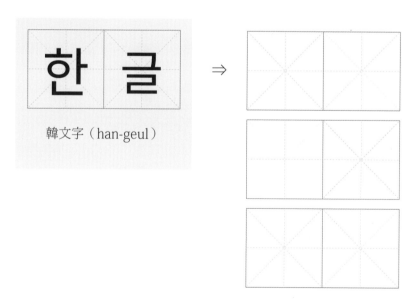

韓文字（han-geul）

巧克力
cho-kol-lit
초콜릿

蟲子
beol-le
벌레

飯店
ho-tel
호텔

首爾
seo-ul
서울

地下鐵
ji-ha-cheol
지하철

鞋子
sin-bal
신발

爺爺
ha-ra-beo-ji
할아버지

鴿子
bi-dul-gi
비둘기

▶ 爺爺

◆ **한국의 지하철은 편리하기는 하지만**[1]
han-gu-gui   ji-ha-cheo-reun   pyeol-li-ha-gi-neun   ha-ji-man

복잡해요 .
bok-ja-pae-yo

韓國地下鐵雖然便利，但很複雜。

◆ **서울은 한국의**[2] **수도예요 .**
seo-u-reun   han-gu-gui   su-do-ye-yo

首爾是韓國的首都。

◆ **주말에는 항상 할아버지**[3] **댁에 놀러**
ju-ma-re-neun   hang-sang   ha-ra-beo-ji   dae-ge   nol-leo

갔어요 .
ga-sseo-yo

週末總是到爺爺家玩。

◆ **비둘기는 평화의 상징이에요 .**
bi-dul-gi-neun   pyeong-hwa-ui   sang-jing-i-e-yo

鴿子是和平的象徵。

小筆記 :

❶ 「V/A- 기는 하지만」指「雖然……，但是……」。

❷ 「의」是**所有格**，一般人都會發音為 [에]。

❸ 「할아버지」前面多加「외 外」，就變成「외할아버지 外公」。

「ㅁ」的終聲**嘴巴要閉起來**。「ㅁ」是韓文子音中的鼻音,所以發最後的終聲時也會有鼻音在。

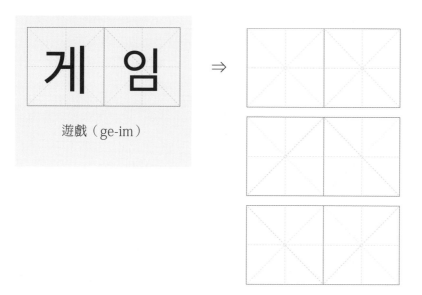

遊戲（ge-im）

叔叔
sam-chon
삼촌

老公
nam-pyeon
남편

泡菜
gim-chi
김치

電腦
keom-pyu-teo
컴퓨터

漢堡
haem-beo-geo
햄버거

費用
yo-geum
요금

人
sa-ram
사람

媽媽
eom-ma
엄마

▶ 泡菜

◆ **김치**의 종류가 다양하다고
gim-chi-ui　　jong-nyu-ga　　da-yang-ha-da-go

들었어요 .
deu-reo-sseo-yo

聽說泡菜的種類很多樣。

◆ **어린이 요금**이 얼마예요 ?
eo-ri-ni　　yo-geu-mi　　eol-ma-ye-yo

兒童的費用是多少錢？

◆ **남편**은 **무슨 일해요** ?
nam-pyeo-neun　mu-seun　　il-hae-yo

妳的老公做什麼工作？

◆ **어느 나라 사람**이에요 ?
eo-neu　　na-ra　　sa-ra-mi-e-yo

妳是哪一國人？

▲ 兒童的費用是多少錢？

小筆記：
❶ 韓國的泡菜除了用大白菜醃製的泡菜外，方塊蘿蔔、芥菜泡菜等，還有很多不同種類的泡菜喔！
❷ 除了「무슨 일해요？做什麼工作？」外，還可以使用「직업이 뭐예요？職業是什麼？」的問法。

發音技巧

　　「ㅂ」的終聲**嘴巴要閉起來**。「ㅂ」和「ㅁ」都是嘴巴會閉起來的終聲，終聲「ㅂ」的音必須要在發ㄅ（b）的瞬間停住，所以終聲「ㅂ」的音會比終聲「ㅁ」的音還要短促，而且沒有鼻音。另外，「ㅂ」是「ㅍ」的**代表音**，換句話說，「압」和「앞」長得不同，卻都是發相同的音。

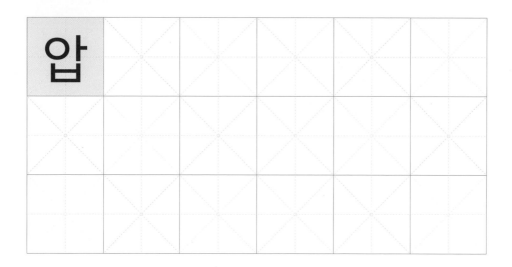

압

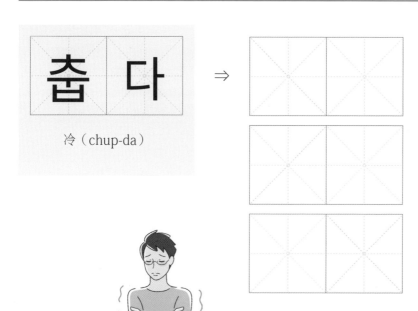

춥 다 ⇒

冷（chup-da）

課程
su-eop
수업

咖啡廳
keo-pi-syop
커피숍

雜誌
jap-ji
잡지

茶館
chat-jip
찻집

五花肉
sam-gyeop-sal
삼겹살

膝蓋
mu-reup
무릎

七（數字）
il-gop
일곱

拌飯
bi-bim-bap
비빔밥

▶ 咖啡廳

◆ **오늘은 한국어 수업이 없어요 .**
o-neu-reun　han-gu-geo　su-eo-bi　eop-seo-yo
今天沒有韓文課。

◆ **삼겹살하고 비빔밥이 제일 맛있어요 .**
sam-gyeop-sal-ha-go　bi-bim-ba-bi　je-il　ma-si-sseo-yo
五花肉和拌飯最好吃。

◆ **인사동❶에 가면 전통 찻집에 꼭 가**
in-sa-dong-e　ga-myeon　jeon-tong　chat-ji-be　kkok　ga
보세요 .
bo-se-yo
如果去仁寺洞,請一定要去傳統茶館。

◆ **한국 사람들은 커피를 좋아해서**
han-guk　sa-ram-deu-reun　keo-pi-reul　jo-a-hae-seo
커피숍이 많아요 .
keo-pi-syo-bi　ma-na-yo
因為韓國人喜歡喝咖啡,所以有很多咖啡廳。

小筆記:
❶ 仁寺洞是很有韓國傳統氣息的地方,為了維護仁寺洞的傳統氣氛,這裡的招牌都是使用韓文標記的!

ㅇ / [ng]

　　「ㅇ」當一般子音的時候是不發音的，但是「ㅇ」當終聲時發「ㄥ（ng）」的音。很多學習者分不清楚終聲「ㄴ」與終聲「ㅇ」之間的差別，請注意！終聲「ㄴ」是發「ㄣ（n）」的音，所以**舌頭需要輕輕咬住**，而終聲「ㅇ」是發「ㄥ（ng）」的音，所以**嘴巴是張開來的**。

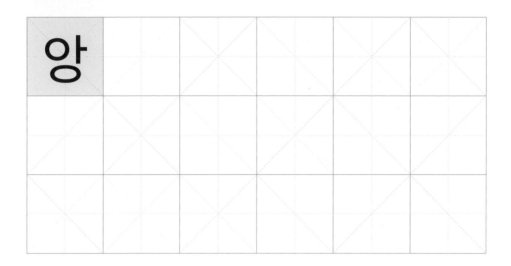

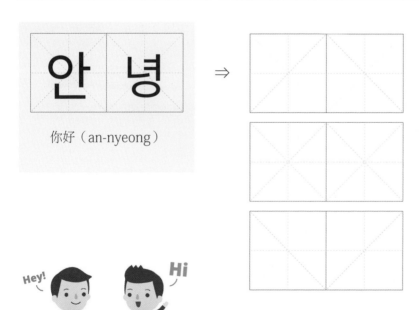

你好（an-nyeong）

收據
yeong-su-jeung
영수증

麵包
ppang
빵

生日
saeng-il
생일

食堂、餐廳
sik-dang
식당

運動
un-dong
운동

機場
gong-hang
공항

老師
seon-saeng-nim
선생님

化妝品
hwa-jang-pum
화장품

▶ 化妝品

◆ 영수증 **드릴**까요 **❶**?

yeong-su-jeung　　deu-ril-kka-yo

需要給您收據嗎？

◆ **생일**이 **몇 월 ❷** 며칠이에요？

saeng-i-ri　myeot　wol　　myeo-chi-ri-e-yo

生日是幾月幾日？

◆ 한국에서 인천국제공항이 제일 커요．

han-gu-ge-seo　　in-cheon-guk-je-gong-hang-i　　je-il　　keo-yo

在韓國，仁川國際機場最大。

◆ 맛있는 **한식당 ❸** 추천해 주세요．

ma-sin-neun　han-sik-dang　chu-cheon-hae　　ju-se-yo

請幫我推薦好吃的韓式料理店。

小筆記：

❶ 「드릴까요？」是「需要給您嗎？」的意思。因為在韓國很少人會拿收據，有時候不跟店員要收據，店員也不會主動給，不過通常店員會先問：「영수증 드릴까요？需要給您收據嗎？」

❷ 正確的發音為 [며뒐]。

❸ 「한식당」指「韓式料理店」。

●子音名稱

　　每個韓文子音都有名稱，一般學習者容易忽略這個部分，但是在韓國，如果沒有聽清楚對方的發音時，會用子音的名稱來問對方說的是否是這一個子音。

ㄱ	ㄴ	ㄷ	ㄹ	ㅁ	ㅂ	ㅅ
기역 [기역]	니은 [니은]	디귿 [디귿]	리을 [리을]	미음 [미음]	비읍 [비읍]	시옷 [시옫]
gi-yeok	ni-eun	di-geut	ri-eul	mi-eum	bi-eup	si-ot

ㅇ	ㅈ	ㅊ	ㅋ	ㅌ	ㅍ	ㅎ
이응 [이응]	지읒 [지읃]	치읓 [치읃]	키읔 [키윽]	티읕 [티읃]	피읖 [피읍]	히읗 [히읃]
i-eung	ji-eut	chi-eut	ki-euk	ti-eut	pi-eup	hi-eut

ㄲ	ㄸ	ㅃ	ㅆ	ㅉ
쌍기역 [쌍기역]	쌍디귿 [쌍디귿]	쌍비읍 [쌍비읍]	쌍시옷 [쌍시옫]	쌍지읒 [쌍지읃]
ssang-gi-yeok	ssang-di-geut	ssang-bi-eup	ssang-si-ot	ssang-ji-eut

　　我們在子音的名稱裡可以發現很有趣的事情，子音的名稱都是由發音的子音字母開頭，結束的終聲也是該發音結尾。背子音名稱的同時，能夠同時練習該發音符號的子音和終聲的發音喔！

	ㄱ	ㄴ	ㄷ	ㄹ	ㅁ	ㅂ	ㅅ	ㅇ	ㅈ	ㅊ	ㅋ	ㅌ	ㅍ	ㅎ
ㅏ	가	나	다	라	마	바	사	아	자	차	카	타	파	하
ㅑ	갸	냐	댜	랴	먀	뱌	샤	야	쟈	챠	캬	탸	퍄	햐
ㅓ	거	너	더	러	머	버	서	어	저	처	커	터	퍼	허
ㅕ	겨	녀	뎌	려	며	벼	셔	여	져	쳐	켜	텨	펴	혀
ㅗ	고	노	도	로	모	보	소	오	조	초	코	토	포	호
ㅛ	교	뇨	됴	료	묘	뵤	쇼	요	죠	쵸	쿄	툐	표	효
ㅜ	구	누	두	루	무	부	수	우	주	추	쿠	투	푸	후
ㅠ	규	뉴	듀	류	뮤	뷰	슈	유	쥬	츄	큐	튜	퓨	휴
ㅡ	그	느	드	르	므	브	스	으	즈	츠	크	트	프	흐
ㅣ	기	니	디	리	미	비	시	이	지	치	키	티	피	히

	ㄱ	ㄴ	ㄷ	ㄹ	ㅁ	ㅂ	ㅅ	ㅇ	ㅈ	ㅊ	ㅋ	ㅌ	ㅍ	ㅎ
ㅐ	개	내	대	래	매	배	새	애	재	채	캐	태	패	해
ㅒ	걔	냬	댸	럐	먜	뱨	섀	얘	쟤	챼	걔	턔	퍠	햬
ㅔ	게	네	데	레	메	베	세	에	제	체	케	테	페	헤
ㅖ	계	녜	뎨	례	몌	볘	셰	예	졔	쳬	켸	톄	폐	혜
ㅘ	과	놔	돠	롸	뫄	봐	솨	와	좌	촤	콰	톼	퐈	화
ㅝ	궈	눠	둬	뤄	뭐	붜	숴	워	줘	춰	쿼	퉈	풔	훠
ㅙ	괘	놰	돼	뢔	뫠	봬	쇄	왜	좨	쵀	쾌	퇘	퐤	홰
ㅞ	궤	눼	뒈	뤠	뭬	붸	쉐	웨	줴	춰	쿼	퉤	풰	훼
ㅚ	괴	뇌	되	뢰	뫼	뵈	쇠	외	죄	최	쾨	퇴	푀	회
ㅟ	귀	뉘	뒤	뤼	뮈	뷔	쉬	위	쥐	취	퀴	튀	퓌	휘
ㅢ	긔	늬	듸	릐	믜	븨	싀	의	즤	츼	킈	틔	픠	희

	ㄲ	ㄸ	ㅃ	ㅆ	ㅉ		ㄲ	ㄸ	ㅃ	ㅆ	ㅉ
ㅏ	까	따	빠	싸	짜	ㅐ	깨	때	빼	쌔	째
ㅑ	꺄	땨	뺘	쌰	쨔	ㅒ	꺠	떄	뺴	썌	쨰
ㅓ	꺼	떠	뻐	써	쩌	ㅔ	께	떼	뻬	쎄	쩨
ㅕ	껴	뗘	뼈	쎠	쪄	ㅖ	꼐	뗴	뼤	쎼	쪠
ㅗ	꼬	또	뽀	쏘	쪼	ㅘ	꽈	똬	뽜	쏴	쫘
ㅛ	꾜	뚀	뾰	쑈	쬬	ㅝ	꿔	뚸	뿨	쒀	쭤
ㅜ	꾸	뚜	뿌	쑤	쭈	ㅙ	꽤	뙈	뽸	쐐	쫴
ㅠ	뀨	뜌	쀼	쓔	쮸	ㅞ	꿰	뛔	쀄	쒜	쮀
ㅡ	끄	뜨	쁘	쓰	쯔	ㅚ	꾀	뙤	뾔	쐬	쬐
ㅣ	끼	띠	삐	씨	찌	ㅟ	뀌	뛰	쀠	쒸	쮜
						ㅢ	끠	띄	쁴	씌	쯰

NOTE

複合子音

複合子音是指終聲位置上出現的**兩個子音**，因為終聲不可能同時發兩個音，在發音上可能是發左邊的子音，也有可能是發右邊的子音，或者一個複合子音會依情況發左邊或右邊。

● 複合子音列表

ㄳ	ㄵ	ㄶ	ㄽ	ㄾ	ㅀ	ㅄ	ㄿ	ㄻ	ㄼ	ㄺ
ㄱ	ㄴ	ㄴ	ㄹ	ㄹ	ㄹ	ㅂ	ㅂ	ㅁ	ㄹ / ㅂ	ㄹ / ㄱ

　　那麼我們一起來詳細地了解一下有哪些複合母音是發**左邊的音**呢？

1. ㄳ		2. ㄶ	
몫 份 [목] mok	삯 工錢 [삭] sak	끊다 切斷 [끈타] kkeun-ta	않다 不 [안타] an-ta

3. ㄽ	4. ㄾ
외곬 單方面 [외골] oe-gol	핥다 舐 [할따] hal-da

5. ㅀ			6. ㅄ		
잃다 遺失 [일타] il-ta	끓다 滾 [끌타] kkeul-ta	옳다 合理 [올타] ol-ta	없다 沒有 [업따] eop-da	값 價位 [갑] gap	값지다 值錢 [갑찌다] gap-ji-da

發**右邊音**的複合子音：

1. ㄿ	2. ㄻ				
읊다 吟誦 [읍따] eup-da	굶다 餓肚子 [굼따] gum-da	삶 人生 [삼] sam	젊다 年輕 [점따] jeom-da	닮다 相似 [담따] dam-da	옮기다 搬移 [옴기다] om-gi-da

依情況發左邊或**右邊**的複合子音：

1. ㄼ大部分的情況下都是發 [ㄹ]，例如：

넓다 寬廣 [널따] neol-da	짧다 短 [짤따] jjal-da	여덟 八 [여덜] yeo-deol

發 [ㅂ] 的音的情況，例如：

밟다 踩 [밥따] bap-da	밟지 마세요 請勿踩 [밥찌 마세요] bap-ji ma-se-yo	넓둥글다 寬圓 [넙뚱글다] neop-dung-geul-da

只要與「밟다 踩」、「넓둥글다 寬圓」衍生出來的句子，都要發「ㅂ」。

2. ㄹㄱ大部分的情況下，都是發 [ㄱ]，例如：

맑다	읽다	닭	밝습니다	흙
晴朗	閱讀	雞	明亮	土壤
[막따]	**[익따]**	**[닥]**	**[박씀니다]**	**[흑]**
mak-da	ik-da	dak	bak-seum-ni-da	heuk

但是複合子音「ㄹㄱ」的後面，如果是接子音「ㄱ」的情況下，就要發 [ㄹ] 的音。例如：

맑고	밝기	읽고
又晴朗又……	亮度	閱讀之後
[말꼬]	**[발끼]**	**[일꼬]**
mal-go	bal-gi	il-go

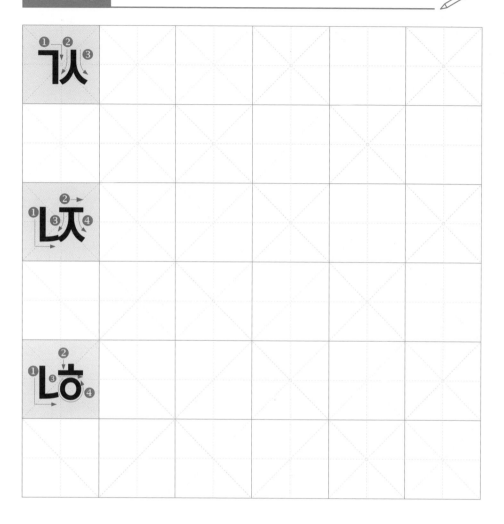

NOTE

發音規則

● 連音化

除了終聲「ㅇ」以外的任何一個終聲後面的子音為「ㅇ」，這時候終聲要移到「ㅇ」的位置上。（羅馬拼音標記爲套用發音規則後的實際發音）

귀걸이 耳環 [귀거리] gwi-geo-ri	맛있어요 好吃 [마시써요] ma-si-sseo-yo	일요일 星期日 [이료일] i-ryo-il	속옷 內衣 [소곧] so-got
할아버지 爺爺 [하라버지] ha-ra-beo-ji	작업 工作 [자겁] ja-geop	음악 音樂 [으막] eu-mak	분야 領域 [부냐] bu-nya

連音化的發音規則有兩種，第一種就是在上面看到的把字面上的音移過去；但是如果該單字是由兩個單字組合而成，那就要把終聲的代表音移到後面。

겉옷 外套 [거돋] geo-dot	맛없다 難吃 [마덥따] ma-deop-da	멋없다 不好看 [머덥따] meo-deop-da	헛웃음 苦笑 [허두슴] heo-du-seum

겉（外面）＋ 옷（衣服）＝ 겉옷（外套）
맛（味道）＋ 없다（沒有）＝ 맛없다（不好吃、難吃）
멋（帥氣）＋ 없다（沒有）＝ 멋없다（不好看、不帥）
헛（白白、空）＋ 웃음（微笑）＝ 헛웃음（苦笑）

● 鼻音化

終聲「ㄱ」、「ㄷ」、「ㅂ」後面遇到子音「ㄴ」、「ㅁ」的時候，
終聲要同化為「ㅇ」、「ㄴ」、「ㅁ」。

막내 老么 [망내] mang-nae	입맛 胃口 [임맏] im-mat	한국말 韓文 [한궁말] han-gung-mal	작년 去年 [장년] jang-nyeon
옛날 以前 [옌날] yen-nal	박물관 博物館 [방물관] bang-mul-gwan	낱말 詞彙 [난말] nan-mal	거짓말 說謊 [거진말] geo-jin-mal

● 硬音化

終聲「ㄱ」、「ㄷ」、「ㅂ」後面遇到子音「ㄱ」、「ㄷ」、「ㅂ」、「ㅅ」、「ㅈ」的時候，後面的子音要變成硬音的「ㄲ」、「ㄸ」、「ㅃ」、「ㅆ」、「ㅉ」。

학교 學校 [학꾜] hak-gyo	책상 書桌 [책쌍] chaek-sang	습관 習慣 [습꽌] seup-gwan	복숭아 水蜜桃 [복쑹아] bok-sung-a
젓가락 筷子 [젇까락] jeot-ga-rak	옷장 衣櫥 [옫짱] ot-jang	잡지 雜誌 [잡찌] jap-ji	갑자기 突然 [갑짜기] gap-ja-gi
몹시 非常 [몹씨] [mop-si]	옆집 鄰居 [엽찝] yeop-jip	맥주 啤酒 [맥쭈] maek-ju	꽃다발 花束 [꼳따발] kkot-da-bal

● 激音化

終聲「ㅎ」的後面碰到子音「ㄱ」、「ㄷ」、「ㅂ」、「ㅈ」，或者終聲「ㄱ」、「ㄷ」、「ㅈ」的後面碰到子音「ㅎ」的時候，要結合為「ㅋ」、「ㅌ」、「ㅍ」、「ㅊ」。

백화점 百貨公司 [배콰점] bae-kwa-jeom	국화 菊花 [구콰] gu-kwa	축하 祝賀 [추카] chu-ka	역할 角色 [여칼] yeo-kal
특히 尤其是 [트키] teu-ki	입학 入學 [이팍] i-pak	많다 多 [만타] man-ta	햐얗다 白白的 [하야타] hya-ya-ta
익숙하다 習慣 [익쑤카다] ik-su-ka-da	넣다 放進……裡 [너타] neo-ta	잃다 遺失 [일타] il-ta	맏형 長兄 [마텽] ma-tyeong

● 口蓋音化

終聲「ㄷ」、「ㅌ」後面遇到「이」的時候，結合為「지」和「치」的音。

굳이	곧이곧대로	미닫이	여닫이
硬要	如實	拉門	推門
[구지]	[고지곧때로]	[미다지]	[여다지]
gu-ji	go-ji-got-dae-ro	mi-da-ji	yeo-da-ji
해돋이	같이	붙이다	낱낱이
日出	一起	黏貼	徹底地
[해도지]	[가치]	[부치다]	[난나치]
hae-do-ji	ga-chi	bu-chi-da	nan-na-chi

● 流音化

終聲「ㄹ」碰到子音「ㄴ」，或者終聲「ㄴ」碰到子音「ㄹ」的時候，「ㄴ」要變成「ㄹ」。

설날 過年 **[설랄]** seol-lal	실내 室內 **[실래]** sil-lae	대관령 大關嶺 **[대괄령]** dae-gwal-lyeong	난로 暖爐 **[날로]** nal-lo
신라 新羅 **[실라]** sil-la	전라도 全羅道 **[절라도]** jeol-la-do	칼날 刀刃 **[칼랄]** kal-lal	진리 真理 **[질리]** jil-li
연락 聯絡 **[열락]** yeol-lak	한라산 韓拏山 **[할라산]** hal-la-san	물냉면 水冷麵 **[물랭면]** mul-laeng-myeon	관련 關連 **[괄련]** gwal-lyeon

流音化有幾個例外的單字，像是遇到「량」、「란」、「론」等結尾的漢字語單字，是要把「ㄹ」的發音改為「ㄴ」。

생산량 生產量 **[생산냥]** saeng-san-nyang	의견란 意見欄 **[의견난]** ui-gyeon-nan	이원론 二元論 **[이원논]** i-won-non	다원론 多元論 **[다원논]** da-won-non

◉「ㄴ」的添加

　　如果**合成語或派生語**^❶的單字裡有終聲，且下一個字是「이」、「야」、「여」、「요」、「유」的時候，要多添加「ㄴ」後讓它變成「니」、「냐」、「녀」、「뇨」、「뉴」。

십육 十六 **[심늌]** sim-nyuk	집안일 家事 **[지반닐]** ji-ban-nil	깻잎 芝麻葉 **[깬닙]** kkaen-nip	큰일 大事 **[큰닐]** keun-nil

- **십육 十六**：先添加「ㄴ」→ [십늌]，終聲「ㅂ」與「ㄴ」之間再產生鼻音化的發音規則，最後的發音為 [심늌]。
- **깻잎 芝麻葉**：先添加「ㄴ」→ [깬닙]^❷，終聲「ㄷ」與「ㄴ」之間再產生鼻音化的發音規則，最後的發音為 [깬닙]。

小筆記：

❶ 注意！合成語指的是兩個詞彙組成的單字；派生語指的是一個詞彙和語尾組成的單字。

❷ 因為「깻」中的「ㅅ」不能當終聲，「ㅅ」的代表音為「ㄷ」。

꽃잎 花葉 [꼰닙] kkon-nip	나뭇잎 樹葉 [나문닙] na-mun-nip	담요 毯子 [담뇨] dam-nyo	색연필 彩色鉛筆 [생년필] saeng-nyeon-pil

- **꽃잎 花葉**：先添加「ㄴ」→ [꼰닙]，終聲「ㄷ」與「ㄴ」之間再產生鼻音化的發音規則，最後的發音為 [꼰닙]。

- **나뭇잎 樹葉**：先添加「ㄴ」→ [나묻닙]，終聲「ㄷ」與「ㄴ」之間再產生鼻音化的發音規則，最後的發音為 [나문닙]。

- **색연필 彩色鉛筆**：先添加「ㄴ」→ [색년필]，終聲「ㄱ」與「ㄴ」之間再產生鼻音化的發音規則，最後的發音為 [생년필]。

NOTE

鍵盤打字

● 手機打字教學

　　輸入韓文字的手機鍵盤大致上有兩種，我們來學學看到底要怎麼打韓文字！

第一種常見的手機鍵盤

　　鍵盤裡只有三個母音（最上面一排），那其他母音要怎麼打出來呢？如果想要打母音「ㅏ」，請先輸入「ㅣ」，再按「·」即可。如果想要打母音「ㅗ」，請先輸入「·」，再按「ㅡ」即可。如果想要打母音「ㅐ」，請先輸入「ㅣ」，再按「·」，接著按「ㅣ」即可。至於雙子音的部分，想要打哪一個雙子音，就按該雙子音的平音三次即可，也就是說，如果想要打「ㄲ」，請按三次的「ㄱ」。

第二種常見的手機鍵盤

找不到的母音和子音，按鍵盤中的符號「↑」就會出現喔！

● 電腦打字教學

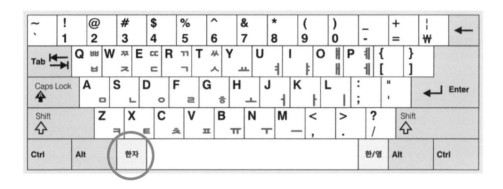

　　以上是韓國的電腦鍵盤，有趣的部分是「한자 漢字」這個按鈕，它到底有何用處呢？本書最開始有說明過韓文字與漢字的密切關係，因此打了韓文字或漢字後按「한자 漢字」按鈕，就會出現對應的字喔！請看右頁圖片：

　我打了「中秋節」後立刻按「한자 漢字」按鈕，下面會出現它的韓文單字「중추절」，「중추절」是從中秋節翻過來的韓文單字，「중추절」下面寫的「仲秋節」則是在韓國使用的漢字。講簡單一點，中文使用「中秋節」，但是在韓國卻是使用「仲秋節」這個漢字。

　另外，如果要打雙子音或鍵盤裡沒有的母音，壓著「Shift」的同時，按它的平音即可。例如：想要打雙子音「ㄲ」，壓著「Shift」的同時，按「ㄱ」；想要打母音「ㅐ」，壓著「Shift」的同時，按「ㅐ」即可。

加入晨星

即享『 50 元 購書優惠券 』

─── 回函範例 ───

您的姓名： 晨小星

您購買的書是： 貓戰士

性別： ●男 ○女 ○其他

生日： 1990/1/25

E-Mail： ilovebooks@morning.com.tw

電話／手機： 09××-×××-×××

聯絡地址： 台中 市 西屯 區

工業區 30 路 1 號

您喜歡：●文學 / 小說 ●社科 / 史哲 ●設計 / 生活雜藝 ○財經 / 商管
（可複選）●心理 / 勵志 ○宗教 / 命理 ○科普 ○自然 ●寵物

心得分享：

我非常欣賞主角…

本書帶給我的…

"誠摯期待與您在下一本書相遇，讓我們一起在閱讀中尋找樂趣吧！"

國家圖書館出版品預行編目（CIP）資料

韓語40音完全自學手冊／郭修蓉著. -- 初版. -- 臺
中市：晨星, 2021.02
240面；16.5×22.5公分. -- (語言學習；15)
ISBN 978-986-5529-97-0（平裝）

1.韓語 2.發音

803.24   109020411

語言學習 15

韓語40 音完全自學手冊

作者	郭修蓉 Jessica Guo
編輯	余順琪
封面設計	耶麗米工作室
美術編輯	張蘊方
內頁排版	林姿秀
創辦人	陳銘民
發行所	晨星出版有限公司 407台中市西屯區工業30路1號1樓 TEL：04-23595820　FAX：04-23550581 E-mail：service-taipei@morningstar.com.tw http://star.morningstar.com.tw 行政院新聞局局版台業字第2500號
法律顧問	陳思成律師
初版	西元2021年02月01日
初版三刷	西元2022年05月10日
讀者服務專線	TEL：02-23672044 / 04-23595819#230
讀者傳真專線	FAX：02-23635741 / 04-23595493
讀者專用信箱	E-mail：service@morningstar.com.tw
網路書店	http : //www.morningstar.com.tw
郵政劃撥	15060393（知己圖書股份有限公司）
印刷	上好印刷股份有限公司

定價 330 元
（如書籍有缺頁或破損，請寄回更換）
ISBN：978-986-5529-97-0

| 最新、最快、最實用的第一手資訊都在這裡 |